열다섯,
그럴
나이

열다섯, 그럴 나이

나윤아
범유진
우다영
이선주
탁경은

우리학교

차 례

캡틴
아메리카도
외로워

탁경은

_____

2016년 장편 소설 『싸이퍼』로 제14회 사계절문학상을 받으며 작품 활동을 시작
했다.
지은 책으로는 『사랑에 빠질 때 나누는 말들』, 함께 지은 책으로는 『소녀를 위한
페미니즘』 『앙상블』 등이 있다.

우리는 도서실에서 각자의 방식으로 시간을 보내는 중이었다. 도서실 중앙에 놓인 소파에 앉아 나는 낱말 퍼즐을 맞췄고 근우는 수학에 관한 책을 읽었고 늘 그러듯 상원은 씩씩대며 팔 굽혀 펴기를 했다. 팔 굽혀 펴기를 하려면 복도에서 할 일이지 녀석은 꼭 우리 곁에서 거친 숨을 내쉰다. 더 안타까운 사실은 그렇게 부지런히 팔 굽혀 펴기를 하는데도 상원의 팔은 여전히 앙상하기 그지없다는 것이다.

상원이 밭은 숨을 내쉬든 하나둘을 외치며 침을 튀기든 근우의 집중력은 흐트러지지 않는다. "그러거나 말거나 나는 수학의 세계에서 완전하다." 이것이 확률 송근우

선생의 신조다. 다산 정약용 선생처럼 친구들 이름 앞에 호를 붙이기가 내 취미인데, 근우의 호를 '확률'로 정하는 데는 단 1초의 망설임도 없었다. 근우는 수학 중에서도 확률을 가장 좋아했다. 도무지 이해할 수 없는 신기한 녀석이다. 나는 확률 챕터만 펼치면 토가 나오던데.

우리가 이곳에 모인 이유는 간단했다. 지난주 국어 시간에 선생님이 던진 질문이 발단이었다.

"소설 써 볼 사람?"

선생님은 농담을 던지듯, 대답을 잘한 아이에게 상점을 주듯 가볍게 물었지만, 그 후에 이어진 이야기는 장난이 아니었다. 선생님이 교육청의 어쩌고저쩌고에서 지원금을 따냈다는 '소설가 되기 프로젝트'에 참여하는 사람은 석 달 동안 한 편의 글을 완성해야 한다. 그러면 나만의 책이 출간된다. 오프라인은 아니지만 온라인으로 책이 판매되기까지 한다. 게다가 프로젝트 기간에는 한 달에 두 번, 전문 작가의 글쓰기 강연을 들을 수 있다.

가장 먼저 손을 번쩍 든 사람은 상원이었다. 선생님이 밝게 웃으며 고개를 크게 끄덕였다.

"너 책 싫어하잖아."

상원 쪽으로 몸을 한껏 기울이며 속삭였더니 이런 대답이 돌아왔다.

"간식 준다잖아. 피자도 사 주고."

헐. 그래. 식탐 이상원 선생답다. 다워.

"또 신청할 사람?"

선생님이 커다란 눈으로 우리를 휙 둘러보았다. 몇 명이 더 손을 들었다. 나는 손을 들 생각이 없었다. 소설을 좋아하는 것도, 글을 잘 쓰는 편도 아니니까. 그런데 웬걸. 잠깐 한눈을 판 사이 내 손이 높이 들어 올려져 있었다.

"야, 너 뭐 해?"

내 옆자리에 앉아 계신 확률 송근우 선생께서 왼손을 높이 올리면서 오른손으로 내 손을 꽉 쥔 채 올리고 있는 게 아닌가.

"혼자 하기 싫다."

이런 말을 소리 없이 입 모양으로 뱉으면서 말이다.

"상원이 있잖아."

내가 속닥거리자 근우는 눈을 지그시 감더니 고개를 천천히 가로저었다.

"그건 더 싫다."

이런 말을 지껄이면서.

선생님이 환하게 웃으며 우리 쪽으로 다가와 내 어깨를 토닥였다. 그건 기특하다는 뜻의 제스처였다. 나는 한숨을 푹 내쉴 수밖에 없었다. 평소 수학 말고는 관심 없는 송근우가 왜 소설을 쓰겠다고 나서는지 납득이 가지 않았다.

그리하여 나는 어쩔 수 없이 '자의'가 아닌 '타의'로 소설가 되기 프로젝트에 참여하게 됐지만, 막상 작가 강연 시간이 다가오니 기분이 이상했다. 그건 희한한 느낌이었다. 설렘 같기도 하고 기대 같기도 하고 야릇한 흥분 같기도 했다. 독서 토론 시간에 오늘 만날 작가의 대표작을 다 같이 읽은 적이 있는데 소설이 완전 내 스타일이었다. 잘 읽히고 재미도 있었다. 무엇보다도 주인공의 고민에 동질 감을 느꼈다.

바이킹을 탄 것처럼 울렁거리는 마음을 숨기려고 낱말 퍼즐에 더 집중하는 척하고 있는데, 상원이 팔 굽혀 펴기를 멈추고는 내 옆자리에 앉았다. 그러고는 주머니에서 스마트폰을 꺼내더니 작가의 이름을 검색창에 입력했다. 작가가 쓴 책들과 최근 인터뷰 기사가 죽 이어졌다.

"사람은 일단 뜨고 봐야 해."

유튜브로 먹고사는 게 꿈인 식탐 이상원 선생의 말씀이었다. 인터넷에서 이름이 검색되는 사람. 유명세로 먹고사는 사람. 그게 상원의 꿈이자 목표였다.

방과 후 수업을 알리는 종이 울렸다. 아이들이 속속 도서실로 모여들었다. 국어 선생님과 사서 선생님이 분주히 움직이며 아이들에게 책상을 두 개씩 붙이라고 말했다. 책상 배열을 끝내고 우리는 중간 자리에 앉았다. 주변을 둘러보니 2학년보다는 3학년 형들이 많았지만 가장 많은 건 우리 1학년이었다. 햇병아리처럼 노란 명찰을 단 1학년들은 쉴 새 없이 떠들고 까불었다. 나도 중딩이면서 이런 말을 하기는 뭣하지만, 이 시기의 인간은 소란스럽고 집중력이 떨어진다. 대화 중 많은 부분은 아무 의미 없는 내용이다. 그래서 나는 낱말 퍼즐로, 근우는 수학으로 도망친다. 그렇다. 우리는 찐따다.

도서실 중앙 문이 열리고 작가가 들어왔다. 국어 선생님이 작가를 소개하자 아이들이 잠시 조용해졌다. 그 틈을 참지 못하고 상원이 은밀한 목소리로 말했다.

"토끼 닮지 않았냐?"

그 말에 좀처럼 웃지 않는 근우가 쿡쿡댔다.

"〈주토피아〉 주인공 토끼 닮았어."

근우의 말에 상원이 낄낄거리며 답했다.

"걔 이름이 주디였나? 별명 정해졌네."

도서실에 들어서자마자 그렇게 별명이 정해진 작가 주디 샘의 강의가 시작되었다. 주디 샘은 우리가 독서 토론을 했던 장편 소설을 어떤 과정을 거쳐서 썼는지 조곤조곤 이야기했다. 그러고는 스케치북을 나눠 준 뒤, 내가 좋아하는 단어나 이미지를 나열하게 했다. 내가 어떤 사람인지 탐구해 두면 인물을 만들 때 큰 도움이 될 거라는 말도 덧붙였다.

하얀 종이 위에 내가 좋아하는 것, 싫어하는 것, 존경하는 것, 경멸하는 것, 먹고 싶은 것, 가고 싶은 곳 따위를 적어 내려갔다. '나'에 관한 활동이니 당연히 쉽게 채울 수 있으리라 생각했는데 예상과 달리 시간이 걸렸다. 곳곳에 암초가 숨어 있었다. 내가 존경하는 사람이 누구지? 내가 꼭 이루고 싶은 일은 뭐지? 나는 어떤 일을 할 때 가장 기쁘지? 단 한 번도 스스로에게 물어보지 않은 질문들이 매서운 눈빛으로 나를 쏘아보았다.

"좋습니다. 그럼 다음 시간까지 어떤 소설을 쓰고 싶은지 밑그림을 그려 오세요. 소재도 좋고 인물도 좋고 사건도 좋아요. 소설의 씨앗을 최대한 모아 보세요. 할 수 있겠죠?"

우리는 우렁찬 목소리로 "네!" 하고 대답했다. 대답을 크게 하는 일보다 더 쉬운 일은 없다는 듯이.

우리는 어깨를 축 늘어뜨린 채 터덜터덜 걸어 내 방으로 기어들었다. 내 방은 학원을 가기 전에 잠시 머무르는, 우리의 임시 아지트였다. 근우는 침대에 등을 기대고 앉아 수학 문제를 풀었고, 상원은 벽을 마주 보고 서서 다시 팔 굽혀 펴기를 했다. 10분 후에는 부엌에서 라면 끓이는 냄새가 진동할 것이고 그러면 우리는 우르르 나가 식탁에 앉을 것이고 삼촌은 바보처럼 미소 지으며 우리 몫의 라면까지 끓일 것이고 그 모습을 보며 나는 속으로 혀를 끌끌 찰 것이다.

"히어로물 쓸까?"

숨을 헐떡거리며 상원이 내게 물었다.

"히어로 중에 누구 좋아하는데?"

"헐크지. 넌 아냐?"

"난 무조건 캡틴 아메리카."

상원이 팔 굽혀 펴기를 멈추고는 근우를 툭 쳤다.

"너는?"

"난 아이언맨."

근우는 아주 잠깐 문제집에서 눈을 떼고 허공을 바라보았다.

"이 세계가 수학으로 이뤄졌다는 걸 이해하는 히어로는 아이언맨밖에 없다."

근우가 어울리지 않게 비장한 목소리로 말하자 상원이 코웃음을 쳤다.

"아이언맨? 걔는 돈 없으면 아무것도 못 할걸? 그리고 캡틴 아메리카? 걘 해동된 인간이잖아."

"그게 어때서?"

나는 상원을 휙 째려보았다.

"생선도 아니고. 격 떨어지게 해동이 뭐냐."

상원의 말에 일침을 가하려는 순간, 라면 냄새가 침투했다. 상원이 먼저 방문을 벌컥 열었고 근우와 나의 몸도 저절로 움직였다.

"삼촌, 우리도요!"

"당근이지. 내 거 끓이고 있으니까 먼저 먹어."

"삼촌, 최고!"

상원이 엄지손가락을 치켜세웠고 삼촌은 사람 좋은 웃음으로 받아쳤다. 우리는 순식간에 라면을 먹어 치웠다. 그 모습을 흐뭇하게 보고 있는 삼촌에게 상원이 불쑥 말했다.

"삼촌, 라면 장사 해 보면 어때요?"

나는 팔꿈치로 상원의 몸을 쿡 찔렀다.

"아, 왜? 삼촌 라면 진짜 끝내주잖아. 이렇게 집구석에서 노느니……."

그제야 아차 싶었는지 상원이 말끝을 흐렸다.

"삼촌 요새 알바 나가거든?"

상원을 흘겨보며 내가 퉁명스럽게 말했다.

"아, 그러셨구나."

상원은 뒤통수를 박박 긁어 댔다.

삼촌은 화요일부터 토요일까지 일곱 시간 동안 도서관에서 일한다. 임시직이지만 일이 마음에 드는지 기분 좋은 얼굴로 출근해 그 얼굴 그대로 퇴근했다. 그러던 어느 날, 삼촌이 허리를 짚으며 엉거주춤한 자세로 들어왔다. 왜 그러냐고 물어봤더니, 도서관 엘리베이터가 고장 나서 휠체어 타고 온 어떤 남자를 업고 계단을 올랐단다. 그 말을 하면서 삼촌은 멋쩍게 웃었지만 나는 속으로 또 혀를 찼다. 11개월 이상 일하지도 못하는 기간제 근로자면서, 시간당 최저 임금을 받으면서 뭐 하러 오지랖 넓게 그러는지 한심하면서도 안타까웠다.

"걱정해 줘서 고맙다. 근데 나는 지금이 아주 좋아. 너희 눈에는 내가 취직이 안 돼서 빈둥대는 한심한 사람으로 보이겠지만, 그게 아니라……."

삼촌의 말을 끊고 근우가 끼어들었다.

"그게 아니라 삼촌은 자발적 백수를 택한 거다."

"그렇지! 근우는 아는구나."

"전 모르는 게 없어요."

근우가 순진무구한 눈빛으로 삼촌과 눈을 맞추더니 천연덕스럽게 물을 한 모금 마셨다. 나는 녀석들을 다시 내

방에 처넣었다.

"야, 삼촌하고 얽히지 마. 중간에서 나만 피곤해진다고."

요즘 엄마와 아빠는 삼촌 때문에 날마다 부부 싸움을 했다. 그것만으로도 나는 충분히 진이 빠졌다. 상원이 고개를 갸웃거렸다.

"자발적 백수를 택하다니, 그게 무슨 말이야?"

상원이 묻자 내 입에서 한숨이 새어 나왔다.

"스스로 백수가 되기로 결심한 거지."

나 대신 근우가 대답했다.

"왜?"

"노예로 살기 싫으니까. 어차피 어디에 취직하든 언젠가는 잘리니까."

"야, 시끄러워. 소설 과제 얘기 안 할 거면 둘 다 나가."

나는 녀석들을 집에서 내쫓았다. 삼촌이 콧노래를 부르며 설거지하는 소리가 들렸다. 나는 이어폰을 꽂고 볼륨을 키웠다.

3년 동안 취준생으로 살다가 백수로 살겠다고 선언한 외삼촌과 나는 묘하게 닮은 구석이 많다. 그래서일까. 아빠는 걸핏하면 삼촌과 나를 구박했다. 못 잡아먹어 안달이었다.

나는 평화주의자다. 시끄러운 건 질색이다. 조용한 게 좋고 욕설이 싫다. 피 튀기는 게임은 절대 하지 않는다. 운동도 싫다. 아이돌 음악이나 힙합도 싫다. 한마디로 나는 내 또래 아이들이 싫어하는 요소를 모두 갖췄다. 내 또래 친구들이 좋아하는 건 전부 싫어하는 그런 인간. 반 아이들은 이런 나와 수학 문제만 들입다 파는 근우를 당연히 멀쩡한 사람으로 취급하지 않지만 우린 괜찮다. 서로가 있으니까. 반 아이들과 적당히 섞여서 노는 상원도 우리와 친하니까.

그렇지만 아빠 눈에 나는 패배자다. 아빠의 기준은 아주 단순하다. 남자답지 못한 인간, 승부를 피하는 인간, 이기지 못하는 인간, 남들이 놀려도 가만있는 인간, 무언가를 남에게 뺏기는 인간은 전부 루저다. 그리고 그런 루저가 자기 아들이면 안 되는 거다.

아빠 기준에는 당연히 삼촌도 패배자다. 고작 3년 도전해 보고는 취직이 안 된다고 백수로 살기로 결심한 인간, 돈을 버는 일보다 아끼는 일에 골몰하는 인간, 남자로 태어나 바깥일보다 집안일을 더 잘하는 인간은 루저 중에서도 상 루저인 거다.

아빠가 퇴근하면 나는 방에 콕 처박혀 있다. 아빠와 마주 앉아 밥을 먹는 일이, 대화를 주고받는 일이, 나를 바라보는 아빠의 눈빛을 받아 내는 일이 점점 힘겹다. 대체 성공은 뭐고 실패는 뭔데? 나는 나일 뿐인데 왜 강한 척을 해야 하는 거지? 가족인데 왜 있는 그대로의 나를 받아들이질 못하는 거지?

2주 뒤에 우리는 다시 주디 샘을 만났다. 청 멜빵바지를 입고 온 주디 샘은 유난히 튀어나온 윗니를 살짝 드러내며 환히 웃었다. 그 모습이 영락없는 영화 속 캐릭터 주디여서, 그 짧은 시간에 절묘한 별명을 붙인 근우의 관찰력에 내심 감탄했다.

주디 샘은 소설에서 인물이 얼마나 중요한 요소인지 강조했다. 그리고 본격적으로 자신이 그리고 싶은 인물을 탐구하는 시간을 가졌는데, 머릿속에 아무 생각도 나지 않았다. 나는 인물보다 사건이 중심인 이야기 하나를 생각 중이었다.

외계인이 지구에 불시착한다. 외계인이 던진 메시지를 지구인들은 해독할 수 없다. 지구인은 외계인의 언어를 이해하려고 노력한다. 그러던 중 외계인 대표가 모습을 드러낸다. 대표는 한 사람을 콕 집어 그 사람과 이야기를 나누고 싶다고 수화로 말한다. 외계인이 수화를 한다는 사실보다 더 놀라운 것은 외계인이 콕 집은 인류의 대표가 소심한 중1 아이라는 점이다. 바로 나 강준영. 뭐 하나 잘하는 것 없고 평생 누구의 주목도 받아 본 적 없는 내가 바로 외계인이 선택한 1인이라는 말씀. 영화 〈컨택트〉를 내 식대로 패러디한 이야기라고나 할까.

"그리고 싶은 인물이 없어요?"

언제 다가왔는지 주디 샘이 바로 내 옆에 서서 나를 물끄러미 내려다보고 있었다. 공상에 빠져 단 한 자도 채우지 못한 스케치북을 멀뚱히 보다가 나는 주디 샘을 힐끗 올려다봤다.

"사건이 먼저 떠올라서요."

"상관없어요. 인물보다 사건이 중요한 소설도 많으니까. 어떤 사건이 떠올랐는지 간단히 키워드라도 적어 둘래요?"

주디 샘이 상냥한 목소리로 말했고 나는 고개를 끄덕였다. 주디 샘은 내게 포스트잇을 건네면서 떠오르는 사건을 마음껏 배열해 보라고 했다. 나중에 생각이 바뀌면 배열한 포스트잇의 순서를 얼마든지 바꿔도 좋다는 말도 덧붙였다.

외계인이 불시착하는 사건부터 떠오르는 대로 포스트잇에 적은 뒤 스케치북에 하나씩 붙이는데, 옆자리에 앉은 2학년 선배가 고개를 내 쪽으로 돌렸다. 선배의 시선이 내 스케치북에 꽂혔다.

"어? 너도 외계인 이야기 쓰냐?"

"네."

내가 얼버무리듯 짧게 대답하는 사이 선배가 내 포스트 잇을 집요하게 바라봤다. 기분이 살짝 별로였지만 뭐라고 말하기도 애매해서 가만히 있었다.

"스토리 좋다, 야."

선배는 그렇게 말하고는 다시 자기 스케치북에 집중했다. 마치 선배한테 내 비밀을 들킨 것 같았다. 왠지 찜찜한 기분을 털어 내려고 손가락 마디를 툭 꺾을 때, 앞자리에 앉은 상원이 홱 뒤돌아봤다.

"대박 스토리가 생각났어."

내가 듣는 둥 마는 둥 하자 상원은 안달이 나서 다리를 덜덜 떨었다.

"헐크가 되고 싶어서 테러를 저지르는 사람 이야기. 어때?"

"테러범을 주인공으로 하겠다고?"

"어때서? 멋지잖아."

나도 모르게 고개를 절레절레 저었다.

"네 마음대로 해라."

"넌 그래서 안 돼. 그러니까 네가 고작 캡틴 아메리카나 좋아하는 거야."

감히 캡틴 아메리카를 또 모욕하다니! 나는 발끈했다.

"캡틴 아메리카는 원칙과 신념을 지키는 영웅이야. 그게 얼마나 어려운 일인지 네가 알기나 해?"

"고뇌만 하는 영웅은 필요 없어. 사람을 많이 죽일수록 테러범은 유명해지는 거야. 사람은 일단 뜨고 봐야 한다니까."

"그 테러범이 제발 너부터 죽여 주면 좋겠는데."

내가 이죽거리자 상원이 눈을 부라렸다. 상원의 옆자리에 앉아 있던 근우가 불쑥 끼어들었다.

"영화 〈다이 하드 4.0〉에 이런 대사가 나오지. '영웅은 될 게 못 돼. 난 이혼했어. 매일 혼자 밥을 먹지. 누구도 이렇게 되고 싶진 않을 거야.' 그 말을 듣던 젊은 남자가 이렇게 되묻지. '그런데 왜 하세요?' 주인공이 뭐라고 대꾸한 줄 알아?"

나와 상원이 눈만 멀뚱멀뚱 깜빡이고 있을 때 근우가 말했다.

"나 말고 할 사람이 없으니까."

"넌 또 뭔 헛소리냐?"

상원이 불퉁거리는데도 근우는 끄떡없었다.

"아직도 모르겠냐? 영웅은 외로운 법이다."

캬, 멋지다! 나의 영웅 캡틴 아메리카도 외롭겠구나.

나는 속으로 또 감탄했다. 근우는 대체 모르는 게 뭘까. 녀석은 수학만 잘하는 게 아니다. 책도 많이 읽고 영화도 많이 보고 모르는 분야가 없다. 테러범을 주인공으로 소설을 쓰겠다는 상원이 놈과는 차원이 다르다.

집에 오니 엄마와 아빠가 또 다투고 있었다. 나는 발소리를 죽인 채 안방 쪽으로 살금살금 다가갔다. 엄마 아빠는 방문을 꼭 닫고 싸우면 밖에서 소리가 안 들릴 거라고 생각하나 본데, 전혀 아니었다.

"대체 언제까지 오냐오냐할 거야? 당장 내쫓아야 정신을 차린다니까!"

아빠가 목청을 높였다.

"준영이 챙겨 줘, 설거지해 줘, 빨래해 줘. 난 좋기만 하네."

엄마의 퉁명스러운 말투에 아빠가 바로 반격했다.

"남자가 살림 잘하는 게 뭐 자랑이라고, 쯧쯧. 당신은 준영이가 보고 배울까 봐 걱정도 안 돼?"

"지금 말 다 했어?"

평행선을 달리는 엄마 아빠의 말을 가만히 듣고 있는데 삼촌이 나타났다. 언제부터 거기에 있었을까. 귀를 쫑긋

세우는 삼촌을 말리고 싶었지만 이미 늦은 것 같았다.

삼촌은 안방에서 흘러나오는 말소리를 묵묵히 듣더니 조용히 뒷걸음질해서 자기 방으로 들어갔다. 잠시 뒤, 삼촌이 가방을 메고 나오더니 자기를 따라오라는 듯 내게 손짓을 했다. 나는 삼촌을 따라나섰다. 삼촌은 버스 정류장까지 말없이 걸었다.

"삼촌, 어디 가?"

버스 정류장 앞에서 나는 삼촌의 팔을 붙들었다.

"어디든."

"돈도 없잖아. 진짜 어디 가려고?"

"아마 고시원? 친구들 집에 가도 되고. 삼촌 친구 엄청 많은 거 알지?"

"그냥 무시해. 삼촌 아니어도 맨날 싸운다니까."

"아냐, 진작 나왔어야 했어. 게으름 피운 내 잘못이지. 나 때문에 누나랑 매형 사이만 안 좋아진 것 같아서 마음이 무겁네."

삼촌은 깊고 맑은 눈빛으로 나를 잠깐 바라보았다. 그러고는 쭈뼛대며 주머니에서 포스트잇을 꺼내 쑥 내밀었다.

"이게 뭐야?"

"라면 비법."

내가 눈을 휘둥그렇게 뜨자 삼촌은 다부진 손길로 내

어깨를 잡았다.

"누나랑 매형한테 잘 말해 줘. 또 보자."

마침 삼촌이 타려는 버스가 온 모양이었다. 삼촌은 씩씩한 발걸음으로 버스에 올라탔다. 삼촌이 오른쪽 눈썹에 손을 붙였다가 떼며 절도 있는 인사를 건넸고 버스는 곧 출발했다.

나는 삼촌이 남긴 포스트잇을 내려다봤다. 삼촌의 라면에 남다른 비법이 있다는 걸 우리는 예전부터 짐작하고 있었다. 그런데 이걸 왜 나한테 주는 거지?

집으로 돌아와 엄마한테 삼촌이 집을 나갔다는 소식을 알렸다. 엄마는 한숨을 푹 내쉬며 삼촌 방에 들어가 나오지 않았고, 아빠는 방금 목욕하고 나온 사람처럼 후련한 얼굴로 거실을 서성였다. 아빠는 고장 난 로봇처럼 "진작에 그랬어야지."라는 말을 몇 번이고 반복했다. 그러더니 허리춤에 두 손을 올리면서 내게 말했다.

"저렇게 살면 안 되는 겁니다. 준영이, 알겠어요?"

아빠는 뭔가가 마음에 들지 않으면 꼭 존댓말을 쓰는데, 특히 나한테 자주 그런다. 성적, 말투, 머리 스타일 등등이 마음에 들지 않을 때마다 "대체 이게 뭐죠?"라고 따지듯 묻는다. 아빠는 내 존재 자체가 못마땅한 거겠지. 내가 어렸을 때 공룡이나 로봇 대신에 그림 그리기를 좋아하던 것도, 지금 수학보다 사회를 좋아하는 것도 전부 싫은 거겠지.

그런데 아빠가 모르는 사실이 하나 있다. 나도 아빠가 못마땅하다. 삼촌을 내쫓으려고 혈안인 아빠를 이해할 수가 없다. 삼촌이 뭐 어때서? 삼촌처럼 살면 왜 안 된다는 건가. 삼촌이 우리 집에 머물며 신세를 졌지만 우리에게 잘못한 건 1도 없다. 엄마나 아빠한테 돈을 빌린 적도, 내 용돈을 빌려 간 적도 없다.

오히려 삼촌이 있는 동안 우리 집은 어느 때보다 깨끗하고 윤이 났다. 삼촌은 라면을 기가 막히게 잘 끓였고 내가 좋아하는 김치찌개도 수준급으로 만들었다. 아빠가 회식을 해도, 엄마 퇴근이 좀 늦어도 삼촌이 있었기에 나는 외롭지 않았다.

초등학교 때 나는 다양한 별명으로 불렸다. 속이 좁고 새침하다고 밴댕이 소갈딱지의 줄임말인 '소갈', 정리 정돈을 좋아하고 깔끔떤다고 '결벽쟁이', 매일 책상을 물티슈로 닦고 사물함과 필통을 정리한다고 '기지배'. 어떤 별명도 마음에 들지 않았다.

하루는 필통을 천천히 정리하고 있는데 반에서 주먹 좀 쓴다는 녀석이 일부러 필통을 바닥에 팽개쳤다. 그걸로는 성에 차지 않았는지 필통에서 쏟아져 나온 펜들을(내가 무척 아끼는 꽤 비싼 펜들을) 발로 짓밟았다. 내가 이마를 구기며 노려보자 녀석은 욕을 날렸다. 내가 욕하지 말라고 경고했지만 녀석은 계속 욕설을 퍼부었다.

나는 세상에서 욕이 가장 싫다. 나도 모르게 내 손이 녀석의 어깨를 쳤고 녀석은 내 얼굴에 강한 펀치를 날렸다. 나는 그대로 KO. 강박적인 결벽쟁이 소갈 강준영 선생은 그대로 바닥에 엎어졌다. 아이들이 건성건성 청소한 교실 바닥은 지저분했고 뺨에 닿은 바닥의 감촉은 한없이 차가웠다.

어른들은 말한다. 튀지 말라고. 가만히 있으라고. 모난돌이 정 맞는다고(이 속담은 둥그렇지 않은 부분이 있으면 망치로 두들겨 맞는다는 뜻이란다). 그런데 이 말이 정말 맞는 말일까? 거대한 흐름에서 벗어나 자기만의 삶을 찾으려는 삼촌이 정말 모난 돌일까? 만약 어른들 말이 틀렸다면 어떨까? 그리고 별명이란 다른 누군가가 아닌 스스로 지어야 하는 게 아닐까?

어떤 스토리로 소설을 쓸지 중간발표를 하는 날, 내 차례를 기다리던 나는 충격을 받았다. 설마 했던 일이 눈앞에서 벌어지고 있었다.

2학년 선배는 자기 차례가 되자 내가 포스트잇에 나열

했던 스토리를 자기 것인 양 발표했다. 얼굴이 달아오르고 가슴이 쿵쾅거렸다. 나를 가장 비참하게 한 것은 주디 샘의 눈빛이었다. 2학년 선배의 발표를 듣는 동안 주디 샘은 고개를 돌려 나를 한참 바라봤다. 이 스토리는 네 거잖아. 네 것을 빼앗겼는데 왜 가만있니? 나만의 착각일 수도 있지만 주디 샘의 눈빛은 그렇게 말하는 듯했다.

화가 났다. 억울했다. 나 자신이 한심하고 답답해 미칠 것 같았다. 이 스토리는 내 것이라고 또박또박 말하고 싶었지만 도무지 용기가 나지 않았다. 내 차례가 왔을 때, 나는 기어드는 목소리로 아직 스토리를 정하지 못했다고 말했다.

지하철에서 내려 집까지 걸어가는 길에 상원이 내게 따지듯이 물었다.

"아까 너 왜 가만있었냐?"

아무 대꾸도 하고 싶지 않아 입을 다물었다. 보나 마나 상원은 속으로 또 이런 대사를 날리고 있겠지.

'넌 그래서 안 돼. 그러니까 네가 고작 캡틴 아메리카나 좋아하는 거야.'

"너라면 얘기할 수 있었겠어?"

근우가 스마트폰에서 눈을 떼며 되물었다.

"뭐?"

"너라면 말했겠냐고. 2학년, 3학년 선배들이 많은 곳에서 선배가 내 스토리를 훔쳤다고 말할 수 있겠냐고."

"하지. 왜 못해? 날 뭘로 보고."

상원이 거칠게 말했지만 근우의 목소리는 한결같이 담담했다.

"거짓말!"

"뭐?"

상원이 근우의 팔을 거칠게 잡아챘지만 근우는 눈썹도 까딱하지 않았다.

"둘 다 그만해. 나 삼촌 만나러 가야 해."

가뜩이나 속이 시끄러운데 녀석들이 성가시게 따라왔다. 삼촌이 놓고 간 물건을 전해 주러 국민은행 사거리에 간다고 하자 둘 다 같이 가겠다고 했다. 자기들도 삼촌이 보고 싶단다.

사거리 횡단보도에 서서 신호가 바뀌기를 기다렸다. 언제 왔는지 건너편에 서 있던 삼촌이 우리를 발견하고는 환하게 웃으며 손을 흔들었다.

은행에서 어떤 아이와 엄마가 나왔다. 아이는 은행 문을 나서자마자 신나게 자전거를 탔고 아이 엄마는 고개를 숙인 채 뭔가를 확인하느라 정신이 없었다.

은행 앞 인도를 달리던 아이의 자전거가 갑자기 방향을

왝 틀더니 차도 쪽으로 내달렸다. 우리 입에서 동시에 "어어!"하는 소리가 튀어나온 순간 자전거는 차도로 내려갔고, 하필이면 그때 진회색 자동차 한 대가 미처 속도를 줄이지 못한 채 돌진했다.

"악!" 하는 비명 소리가 들렸다. 나는 겁에 질려 눈을 질끈 감았고 상원의 입에서는 욕이 튀어나왔다. 온몸이 덜덜 떨렸다. 자동차가 자전거를 치었겠지. 아이는 많이 다쳤겠지. 터져 나온 비명 소리는 아이 엄마 것이겠지.

"삼촌!"

근우가 외쳤고 나는 그제야 눈을 떴다. 삼촌이 차도 변에 널브러져 있었다. 자동차에 부딪힌 사람은 아이가 아니라 삼촌이었다. 근우가 전화로 119에 신고했고 상원은 계속 욕을 지껄였고 나는 눈앞에서 일어난 일을 믿을 수 없어 그대로 굳어 있었다.

신호가 바뀌자마자 삼촌에게 달려갔다. 삼촌의 몸에 손을 댈 수가 없었다. 내가 손을 대면 삼촌에게 안 좋은 일이 생길까 봐, 절대 일어나면 안 되는 일이 생길까 봐 두려웠다.

다행히 소방서가 가까이 있었다. 근우가 재빨리 신고한 덕분에 구급차가 금방 도착했다. 나는 구급 대원에게 조카라고 말하고는 구급차에 올라탔다. 구급 대원들이 응급

조치를 하는데도 삼촌은 눈을 뜨지 않았다.

자전거 아이는 무사했다. 삼촌 덕분이었다. 삼촌은 온몸으로 아이를 지켰다. 차도에 뛰어든 삼촌을 보고 운전자가 브레이크를 밟은 것이 천운이었다고 말하며 엄마는 흐르는 눈물을 닦았다. 삼촌은 뼈가 몇 개 부러지고 여기저기 타박상이 많았지만 생명에는 지장이 없다고 했다. 나는 태어나 처음으로 세상의 모든 신에게 감사했다.

학교가 끝나기 무섭게 병원으로 달려갔다. 하루하루 상태가 좋아지는 삼촌을 보는 게 좋았다. 삼촌과 수다를 떠는 것도 좋았다. 삼촌과 나는 정말 시시하고 쓸데없는 온갖 이야기를 떠들어 댔다. 그러고 있으면 시간이 번개처럼 빨리 흘렀다.

삼촌이 바나나 하나를 내밀었을 때 나는 오래 품고 있던 질문을 던졌다.

"삼촌. 그때 말이야. 차도로 뛰어들 때, 무섭지 않았어?"

"전혀."

삼촌은 조금도 머뭇거리지 않고 대답했다.

"삼촌 겁 많잖아. 벌레도 무서워하고."

"그러니까. 나도 신기해. 처음 겪은 일인데, 그 순간 시야가 제한되더라. 내 눈에 그 아이만 보이는 거야. 그 아이만 스포트라이트를 받은 것처럼 환하고 나머지는 깜깜했어. 진짜 뭐에 홀린 사람처럼."

나는 바나나를 우물거리면서 삼촌이 묘사한 장면을 머릿속에 떠올려 봤다. 아이에게만 쏟아지는 스포트라이트. 다른 건 아무것도 보이지 않고 오로지 내가 구해야 할 사람만 보인다니. 이런 현상을 뭐라고 하는지 근우한테 물어봐야겠다.

"아무튼 그게 삼촌을 영웅으로 만들었네. 그치?"

"영웅은 무슨."

삼촌이 민망한 듯 눈썹을 긁으며 웃었다.

"왜? 오늘부터 삼촌을 히어로라고 부를 건데."

"히어로들이 열받아서 나 죽이러 오면 어떡하지?"

"농담 아냐. 나 지금 진지해."

"미안한데 영웅이라는 단어는 너무 거창해. 난 그저 할 수 있는 일을 했을 뿐인데, 뭐."

내가 할 수 있는 일. 그 말이 쿵 하고 심장을 두드렸다. 그러자 지금 당장 내가 할 수 있고 해야만 하는 일 하나가 떠올랐다.

"삼촌은 왜 백수로 살아?"

"글쎄다. 처음엔 홧김에? 면접 가면 사람 주눅 들게 하고, 자기들 기준으로 나를 평가하고, 결과 기다리는 동안 애타고, 그런 게 싫었어. 나 스스로를 존중하지 못하는 것 같아 못마땅했고. 요즘 많이 하는 생각은 하나야. 시간 부자가 되고 싶다. 친구들 보니까 취직한다고 다 행복한 건 아니더라고. 그래서 돈이 필요하면 아르바이트로 벌고 돈이 모이면 하고 싶은 걸 실컷 해 보기로 마음을 바꿨지."

"후회한 적 없어?"

"아직은. 삼촌 젊잖아. 후회할 일 좀 해도 괜찮지 않을까?"

아빠는 절대 후회할 일을 만들지 말라고 했다. 후회 없는 인생, 실패와 실수 없는 인생을 사는 것이 성공의 지름길이라는 말을 입에 달고 살았다. 그런데 삼촌은 완전히 다른 말을 한다. 아직 젊으니 후회할 일, 실패할 일을 저지르면 뭐 어떠냐고 말한다.

상원과 근우가 병실에 들어섰다. 삼촌이 반갑게 녀석들을 맞이했다. 삼촌은 바나나를 하나씩 뜯어 녀석들에게 내밀었다.

"얼른 퇴원해. 내가 라면 끓여 줄게."

내가 의기양양한 표정으로 말했다.

"비법대로 끓여 봤구나?"

"진짜 존맛이에요."

옆에서 상원이 나 대신 대답했다.

"비법이 뭐죠?"

근우가 진지한 말투로 물었지만 삼촌은 입술을 오므리며 새침하게 말했다.

"비밀. 나 나중에 라면 장사 할지도 몰라서."

"아, 그러시든지요."

근우의 시큰둥한 반응에 삼촌이 웃었고 우리는 남은 바나나를 남김없이 해치웠다.

소설 마감을 앞두고 나는 2학년 교실로 향했다. 나는 근우와 상원을 떼어 놓고 복도에서 선배와 일대일로 마주했다. 주먹을 얼마나 꽉 쥐었는지 손톱이 손바닥을 파고들었다.

두려움을 간신히 누르고 차분히 할 말을 했다. 선배가 내 아이디어를 훔친 사실을 아무한테도 말하지 않겠다. 내 아이디어와 스토리를 되찾고 싶으니, 선배는 남은 시간 동안 다른 스토리를 썼으면 좋겠다.

묵묵히 듣고 있던 선배가 지렁이처럼 눈썹을 꿈틀거리더니 입을 열었다.

"뭔 개소리야! 내 스토리는 네 거랑 완전 달라."

외계인이 지구에 불시착해 지구인과 의사소통을 시도한

다는 설정이 같은데 스토리가 다르다니. 선배는 얼굴빛조차 변하지 않은 채 뻔뻔하게 말했다.

"아이디어 메모할 때 선배가 제 포스트잇 봤잖아요."

"나도 처음부터 외계인 이야기 쓰려고 했었다고. 아, 씨! 어떻게 해야 믿을래? 뇌를 꺼내서 까뒤집어 줄까?"

선배가 험상궂은 얼굴을 내게 바싹 들이밀었다.

그때 수업 시작종이 울렸다. 선배는 나를 노려보고는 자기 교실로 쑥 들어가 버렸다. 깊은 한숨이 절로 나왔다. 눈을 꾹 감았다. 그렇게 꼼짝도 하지 않고 복도에 서 있는 내게 근우와 상원이 다가오는 기척이 느껴졌다. 근우와 상원이 내 어깨에 팔을 둘렀고, 우리는 쓸쓸하게 교실로 돌아갔다.

선배가 이런 식으로 나온다면 남은 방법은 하나였다. 설정은 그대로 두고 스토리를 다시 짜는 것. 어느 누구도 빼앗을 수 없는, 나만이 쓸 수 있는 이야기를 내 안에서 끄집어내는 것. 그러기 위해서 나는 솔직해져야만 했다. 감추고 싶은 모습까지 고스란히 꺼내기 위해 나는 한 뼘 정도의 용기를 내 보기로 했다.

소설 속 '나'는 외계인에게 묻는다. 왜 하필 접니까. 저는 잘하는 것이 없습니다. 외계인이 '나'에게 말한다. 너는 청소를 잘한다. 정리 정돈도 잘한다. 무엇보다도 쓰레기를 아무 데나 버리지 않는다. 그래서 우리는 너를 선택했다. 외계인 대표는 '나'에게 이대로 방치하면 지구는 곧 멸망할 것이라고 경고한다. 외계인은 지구를 깨끗하게 만들 수 있는 비법을 '나'에게 전하며 마지막 기회라고 강조한다.

'나'는 외계인과 소통한 내용을 인류에게 전하면서 지금이라도 환경 파괴 행위를 멈추고 지구를 깨끗하게 만들어야 한다고 호소한다. 그러나 대다수는 '나'의 말을 믿지 않는다. 외계인들이 보잘것없는 '나'를 인류 대표로 선택한 사실을 믿을 수 없다고 생각한다. 또한 외계인들이 우리를 위해 비법을 전수할 이유가 없다고, 그건 지구를 점령하려는 수작에 불과하다고 말한다.

사람들은 '나'의 말을 무시한 채 '나'와 외계인들을 동시에 지구에서 내쫓을 방법을 고민한다. 위험을 느낀 '나'는 사람들이 찾을 수 없는 곳으로 숨는다. 참다못한 외계인 대표는 지구에 강력한 벼락을 내리고, 벼락에 감전돼 많은 사람이 다치거나 죽는다. 그제야 '나'만이 외계인 대표를 설득할 수 있다는 사실을 깨달은 사람들은 사라진 '나'를 찾는다. '나'는 사람들이 어떻게 행동할지 몰라 여전히 겁이 나지만, 지구와 인류의 미래를 위해 용기를 내자는 목소리를 듣는데⋯⋯.

소설 마감이 코앞이었다. 나는 소설을 완성하고 싶어서 며칠 밤을 연달아 지새웠다. 아이디어를 내고 문장을 이어 가고 인물을 고민하는 동안 시간이 훌쩍 지나갔다. 소설을 쓰면서 나는 집중할 수밖에 없었고, 몰입이 주는 행복이 어떤 건지 처음으로 알았다.

주디 샘과의 마지막 시간. 주디 샘은 우리가 완성한 소설과 완성하지 못한 소설을 전부 읽고 간단한 평을 해 줬다. 근우는 페르마의 정리를 풀어낸 수학자의 드라마틱한 삶에 자기 상상을 덧붙였다. 『페르마의 마지막 정리』를 읽고 영감을 받았다나. 주디 샘은 특별한 소재를 찾아냈다고 칭찬하며 논픽션이 되지 않게 조심하라는 말을 덧붙였다. 상원은 진짜 히어로물을 썼는데 완성하지는 못했다. 주인공은 테러범이 아니라 삼촌이었고, 삼촌이 아이를 구한 과정을 극적으로 그렸다. 주디 샘은 테러범이 주인공이었던 지난번 설정보다 지금이 훨씬 좋다며 완성해 보라고 응원했다.

드디어 내 차례였다. 선배와 설정이 비슷하다고 지적하면 어쩌지? 심장이 두근거렸다. 주디 샘은 잠깐 뜸을 들이다가 이렇게 말했다.

"준영 친구의 소설을 읽고 선생님은 많이 놀랐어요. 외계인들이 지구에서 벌이는 소동이 산만하지 않고 설득력 있게 전개되죠. 소재도, 스토리도 독창적이에요. 조금만 고치면 훌륭한 작품이 될 것 같아요."

선배들은 물론이고 1학년 친구들이 나를 동시에 바라보며 "오!" 하고 외쳤다. 태어나 처음으로 칭찬을 받았다. 세상을 다 가진 듯한 기분이었다. 이대로 하늘로 솟구칠 수 있을 것만 같았다.

"그리고 오늘 결석한 친구 소설이 준영이 소설과 비슷했어요. 완성하지 못했거나 아니면 뭔가 찔려서 나오지 않은 것 같은데, 다른 사람의 아이디어나 설정을 베끼는 건 도둑질이나 마찬가지예요. 그건 소설을 완성하지 못하는 것과는 차원이 다른 문제예요."

주디 샘이 말을 마치고는 나를 지그시 바라보았다. 주디 샘의 말 한 마디 한 마디가 고마웠던 나는 주디 샘을 보며 고개를 끄덕거렸다.

우리는 삼촌에게 가려고 지하철을 탔다. 근우는 자리에 앉자마자 안경을 만지작거리며 수학 문제를 풀었다. 가족 중 누구도 자기한테 관심이 없어서 수학에 빠져들었다는 근우의 수학 사랑은 당분간 말릴 수 없을 것 같다. 상원은 손잡이에 대롱대롱 매달렸다. 그렇게 많이 먹는데도 상원은 살이 찌지 않는다. 이건 훗날 근우가 수학자가 되어도 풀지 못할 미스터리다. 그런데 손잡이를 꽉 틀어쥔 상원의 팔이 오늘따라 좀 두꺼워 보인다. 소설 수업을 듣는 동안 팔에 근육이 붙은 걸까.

아빠는 날마다 삼촌을 찾아가는 내게 불만이 가득한 표정으로 잔소리를 퍼부었다.

"학원까지 빠지면서 세균이 득시글대는 병원에 매일 가다니, 이건 아주 미련한 짓이에요. 강준영, 알겠어요?"

모르겠어요.

아빠가 뭐라 하든 나는 삼촌이 퇴원할 때까지 뻔질나게 병원을 들락거릴 거다. 근우가 영웅은 외로운 법이라고 했으니까. 우리의 영웅이 외로운 건 싫으니까.

다섯 가지 키워드 중 '히어로'가 눈에 확 들어왔다. 히어로라는 단어를 보는 순간 머릿속에 처음 떠오른 생각은 이거였다. '중학생들 이야기를 하고 싶다.' 그 착상 하나만 있었다. 인물과 스토리를 떠올리고 구축하는 데 꽤 많은 시간이 필요했다.

이 글은 준영, 근우, 상원의 따뜻하고 귀여운 이야기다. 갈등이 크지도, 많지도 않다. 어쩌면 우리는 너무 거대한 생각과 목표에 둘러싸여 있는 듯하다. 크게 한 건을 터뜨리지 않으면 주목조차 받지 못하리라고 생각한다. 그렇지만 크고, 거창하고, 대단하고, 화려한 것만이 중요할까?

정말 소중한 것은 그렇게 거대하거나 화려한 것이 아닐지도 모른다. 외계인이나 악당에게서 지구를 지키는 히어로 영화 속 영웅들도 멋지지만, 소소한 일상에서 묵묵히 자신의 자리를 지키고 있는 사람들도 멋지다. 가끔은 그들이 영화 속 히어로보다 더 영웅처럼 느껴질 때가 있다.

준영, 근우, 상원 그리고 삼촌이 삶의 시련 속에서도 희망과 웃음을 잃지 않았으면 좋겠다.

앱을
설치하시겠습니까

이선주

장편 소설 『창밖의 아이들』로 제5회 문학동네청소년문학상 대상을 받으며 작품
활동을 시작했다.
지은 책으로는 청소년 소설 『띠링! 메일이 왔습니다』『맹탐정 고민 상담소』, 동화
『그냥 베티』, 그림책 『외치고 뛰고 그리고 써라!』, '태동아 밥 먹자 시리즈' 등이
있다.

윤은 카톡에 들어갔다 나왔다를 반복했다. 조별 과제만 아니었다면 지금도 신나게 카톡을 하고 있었을 것이다. 방금 끓여 먹은 라면 사진을 올리며 그 밑에 "다이어트 개망"이라고 쓰고, 친구가 올린 셀카에 "토 나와!"라고 쓰면서. 실시간으로 자신의 행동을 중계하고 피드백을 받고, 자신 또한 친구의 생활을 — 알고 싶지 않더라도 — 엿보고 참견했을 것이다. 카톡을 깐 후로 자연스러운 일상이다.

카톡을 하는 데 무슨 의의가 있는 건 아니다. 그냥 편하기 때문이다. 편한 이유는, 친구들 대부분이 하기 때문이다. 이런 걸 사회 시간에 배운 '문화'라고 하는지도 모르겠다. 스마트폰 이전에는 삐삐가 있었다는데, 그때는 삐삐로 연락을 주고받는 게 문화였을 것이다.

> **지아**
>
> 그럼 매일 학교 끝나고 만나야 돼?
> 나 학원 가야 한단 말이야.

지아에게서 카톡이 왔다. 조별 과제 때문에 만든 단톡방에는 지아, 경희, 선화 그리고 윤까지 네 명이 들어와 있다. 별문제가 없었다면 혜주까지 모두 다섯 명이 들어와 있어야 했다.

국어 선생님이 조별 과제를 내고 조원을 정해 줬을 때만 해도 일이 이렇게 진행되리라고는 생각하지 못했다. 중학교 3학년 1학기가 시작된 지 얼마 안 된 때여서 조원들과 별로 친하지 않았다.

"카톡 아이디 좀 알려 줘."

윤이 웃으면서 혜주에게 말을 건넸을 때, 혜주는 난감한 표정을 지었다.

"나 카톡 안 해."

"왜?"

카톡을 꼭 해야 하는 건 아니지만, 모두들 하는 걸 안하는 데에는 이유가 있을 거라고 생각했다. 윤은 따지는 게 아니라 정말 궁금해서 물었다.

"안 할 수도 있지…….."

혜주가 말을 흐렸다. 윤은 "안 할 수도 있지."라는 혜주의 말을 따라 하다 고개를 살짝 흔들었다.

"안 할 수도 있지만 굳이 안 할 이유도 없지."

윤은 되받으면서, 혹시나 공격적으로 들릴까 봐 말끝을 내렸다. 혜주는 대답하지 않았다.

"그럼 조별 과제 할 때만 깔래?"

혜주는 입술을 살짝 깨물더니 물었다.

"그냥 문자로 하면 안 돼?"

"안 되는 건 아니지만…….."

그렇게 대화는 흐지부지 끝났다.

혜주와 있었던 일을 단톡방에 올리자 가장 흥분한 아이는 지아였다. 지아는 혜주가 이기적이라고 했다.

"그냥 싫다는 거잖아? 괜한 고집이야. 짜증 나."

그러자 경희가 동조했다.

"원래 개처럼 조용한 애들이 한번 고집을 부리기 시작하면 말이 안 통해."

"싫을 수도 있지."

선화가 혜주 편을 들었지만 그 한마디뿐, 혜주를 더 두둔하지는 않았다.

조별 과제는 지역 신문 만들기다. 주제도 자유, 형식도 자유이지만 조원 모두가 참여해야 한다. 신문의 퀄리티와 조원들의 협동심을 같이 평가하는 과제다. 주제는 무엇으로 할지, 사진은 누가 찍을지, 글은 누가 쓸지, 또 발표는 누가 할지 정할 게 많다. 이럴 땐 보통 카톡으로 상의한다. 학교가 끝난 후에 얼굴 보며 회의를 하면 좋겠지만, 다들 학원에 가야 한다.

혜주는 학원 때문에 만나서 회의하는 게 힘들다면 문자로 하자고 했다. 윤은 그 말을 듣는 순간, 피식 웃을 수밖에 없었다.

누군가 "주제는 뭘로 할까?"라고 네 명에게 문자를 보내고, 보내온 답변을 취합해 다시 한 명 한 명에게 문자를 보낸다. 그걸 다시 취합해서 또 문자를 보내고……. 마치 계산기가 있는데도 기계는 믿을 수 없다며 공책에 일일이 숫자를 써 가면서 계산하는 것처럼 바보 같은 짓이다. 카톡이라는 편리한 방법이 있는데 왜 굳이 문자로 소통을 해야 할까?

지아

> 진짜 별 이상한 애 다 본다.
> 우선 자고, 내일 학교에서 얘기하자.

밤 12시가 넘어가고 있었다. 윤은 피로한 눈을 껌뻑이며 혜주의 난감해하던 표정을 떠올렸다. 카톡을 안 하는 게 모두를 난감하게 하고 자신까지 난처하게 만드는 행동이라는 건 아는 눈치였다.

그렇다면 신념일까? 종교적 신념에 대해서는 들어 본 적이 있지만, '카톡 신념'이라는 말은 들어 본 적이 없다. 그런 게 있을 리 없다고 생각하지만, 세상에는 개를 신으로 모시는 사람도 존재한다고 하니 카톡을 사탄으로 여기고 멀리하는 사람도 있을 수 있지 않을까? 하고 생각했다.

그만큼 윤은 혜주를 이해하고 싶었다.

*

종례가 끝나고 선생님이 교실을 나가자 아이들도 우르르 몰려 나갔다. 영어 학원 수업 시간까지 딱 한 시간이 남아 있었다. 학원까지 걸어가는 시간과 편의점에서 컵라면을 사 먹는 시간까지 계산하면 20분 정도 남은 셈이다. 요즘 애들이 하도 불닭볶음면 이야기를 해서 벼르는 중이었다.

교실에는 윤의 조만 남았다. 조원들 얼굴에 짜증이 짙게 묻어 있었다.

"카톡을 안 하는 이유가 뭐야?"

지아가 먼저 입을 열었다. 혜주는 말을 고르는 듯 고개를 갸우뚱하고 입술을 오물오물하다가 침착하게 말했다.

"나 원래 카톡 안 해."

"원래 안 하는 게 어딨어?"

지아가 흥분하는 게 보였다. 경희가 지아의 소매를 잡아당겼다. 지아는 뭐라고 더 말하려다 휴, 하고 한숨을 내쉬고는 말을 삼켰다. 다섯 아이들 사이에 흐르는 공기가 심상치 않았다.

"네가 스마트폰이 없다면 이해하지만, 그냥 앱만 깔면 되잖아. 돈이 드는 것도 아니고. 네가 손해 보는 건 아무것도 없어."

윤은 혜주를 설득할 생각이었다. 설득이 가능하리라 믿었고, 카톡을 안 하는 건 설득해야 할 일이라고 생각했다.

"이해가 아니라 동정이겠지."

혜주는 더 이상 저자세를 취하지 않겠다는 듯이, 고개를 빳빳이 들고 뾰족하게 말했다.

"참 나."

지아가 팔짱을 낀 채로 혜주의 태도가 어이없다는 듯 내뱉었다.

"쟤 뭐야?"

경희도 툴툴거렸다.

과제 제출까지 남은 기간은 2주. 주제를 무엇으로 할지 정하는 데 벌써 이틀을 끌었다.

"나 학원 가야 해."

침묵을 깨며 지아가 일어섰다. 경희와 선화도 따라 일어섰다. 윤과 혜주만 남았다.

윤은 혜주와 같이 갈까 하다가 먼저 교실을 나갔다. 혜주가 터벅터벅 따라왔다. 운동장 한가운데쯤에서 윤이 걸음을 멈추고 뒤를 돌아봤다. 혜주도 그대로 걸음을 멈췄다.

"혹시 종교 있어?"

"종교?"

혜주가 의아한 듯이 되물었다. 윤은 고개를 끄덕이며 덧붙였다.

"왜 사이비 있잖아. 아니, 꼭 사이비라는 건 아니지만, 특이한 종교 같은 거."

혜주가 고개를 저었다.

"그럼 종교에서 카톡을 하지 말라고 한 건 아니네."

윤의 말에 혜주가 피식 웃었다. 하지만 윤은 농담이 아니었다.

"나 무교야."

"종교적인 신념이 아니라면, 조별 과제 끝날 때까지만

깔았다가 지우면 안 돼?"

"꼭 카톡으로 해야 돼?"

도돌이표다. 꼭 카톡으로 해야 하는 건 아니지만, 카톡으로 해야 편하니 카톡으로 하자는 걸 어떻게 더 설명할까? 결국은 카톡으로 하는 게 편하니 카톡으로 하자는 네명과 카톡은 싫으니 카톡 말고 다른 방법으로 하자는 한명의 싸움이었다.

윤은 이런 일로 싸울 수도 있으리라고는 전혀 생각하지 못했다. 내가 하고 네가 하면, 그래서 우리가 하게 되면 모두가 하는 건 줄 알았다. 모두가…….

윤과 혜주는 교문을 나와 각자의 집으로 걸어갔다.

지아

> 다른 조는 벌써 취재까지 했대.

그날 저녁, 카톡이 울려서 봤더니 지아였다. 혜주가 빠진 단톡방이었다.

경희

> 우리도 얼른 정하자.

52

지아

주제는 맛집으로 하는 거 어때?

학교 주변 맛집 지도를 만들면 재밌을 것 같아.

둘이 짠 것처럼 아이디어가 흘러나왔다. 윤은 혜주가 빠진 단톡방에서 조별 과제 이야기가 나오는 게 불편했지만, 지금이 아니면 언제 말할까 싶어 은근슬쩍 대화에 참여했다.

맛집 할인 쿠폰까지 끼워 주면 어떨까?

윤은 맛집 지도라는 말을 듣자마자 단박에 떠오른 아이디어를 말했다. 아이돌이 나오는 잡지를 사면 주는 것 같은 할인 쿠폰 말이다. 윤의 제안에 반응이 꽤 좋았다. 와, 진짜 좋은 생각이다, 진짜 신문 같아, 대박이다 등등의 글들이 올라왔다. 윤의 어깨가 으쓱 올라갔다.

윤의 학업 성적은 보통이다. 물론 공부를 잘하고 싶은 마음은 있지만, 열심히 하고 싶은 마음은 없었다. 한 번만 읽어도 머릿속에 입력되면 얼마나 좋을까? 로또를 바라는 심정으로 공부했다. 즉, 안 했다는 뜻이다.

윤은 이번 과제도 시늉만 할 생각이었는데, 조원들에게

칭찬을 받으니 열심히 하고 싶은 의욕이 생겼다. 윤은 그 기세를 몰아 여러 가지 아이디어를 냈고, 조원들은 호응하거나 반대했다. 이렇게 단톡방에 글을 올리다 보니 어느새 자정이 다 되어 갔다.

> 근데 혜주 빼고 해도 될까?

흥분해서 의견을 가장 많이 내던 윤이 조심스럽게 질문했다.

지아
> 자기가 선택한 건데, 뭐.
> 억울하면 카톡 깔라고 해.

경희
> 맞아. 본인 선택인데 누굴 원망해.

경희가 맞장구를 쳤다. 윤은 "ㅇㅇ"이라고 답했지만 선택이라는 말이 계속 머릿속에서 맴돌았다. 카톡을 안 하는 건 혜주의 선택이 맞는데, 그 뒤의 상황까지 혜주의 선택이라고 할 수 있을까? 그러나 더 생각하고 싶지 않아 고개를 절레절레 흔들었다. 복잡한 건 질색이었다.

*

이튿날, 윤은 학교에 가자마자 혜주에게 어젯밤 단톡방에서 나눈 이야기를 대충 해 줬다. 말을 하는 동안 어젯밤에 느꼈던 찜찜함이 조금 사라지는 듯했다. 이렇게 말을 전해 줬으니 혜주를 일부러 뺀 건 아니라고 스스로 자위했다.

"언뜻 들으면 재밌어 보이지만, 사실 맛집 지도 같은 건 인터넷만 검색해도 금방 나오잖아. 새롭다는 생각이 안 들어. 그리고 쿠폰 준다는 것도 좀 그래. 과제 제출용으로 딱 두 부만 만드는데, 쿠폰을 넣는 게 무슨 의미가 있을까? 그냥 보여 주기 식이지."

혜주의 표정은 무덤덤했지만 말은 신랄했다.

"누구 아이디어야?"

윤은 바싹 마른 입술에 침을 바르면서 대답했다.

"다 같이 낸 거야."

혜주는 고개를 끄덕이면서 말했다.

"주제를 바꿔 보자. 학교 주변 유흥가, 이대로 괜찮은가? 이건 어때? 이런 주제는 아마 아무도 안 할걸?"

윤은 더 고민해 보자고 말하고는 자리로 돌아갔다.

> 혜주가 맛집 지도랑 할인 쿠폰 하지 말재.
> 너무 흔하다고.

윤이 단톡방에 글을 올리자 아이들은 수업 중이었지만 바로 답을 했다.

지아
> 미친.

경희
> 다시 정하자고?

윤은 혜주가 반대하면서 했던 말들이나 대안은 전하지 않았다. 단톡방에 구구절절 쓰는 것도 귀찮았지만, 무엇보다 자존심이 상했다. 누구 아이디어냐고 물을 때 혜주의 표정이 몹시 얄미웠다.

지아
> 나 벌써 맛집 리스트 정리했단 말이야.
> 다른 거 하고 싶으면 카톡 깔라고 해.

"카톡 깔라고 해."라는 말은 단톡방에 들어오지 않는 한

발언권이 없다는 뜻이나 마찬가지다. 단톡방에서 하는 말은 인정하겠지만, 카톡 밖에서 얼굴을 보며 한 말은 인정하지 않겠다는 뜻이다. 모순적이라고 생각했지만, 윤은 이미 감정이 상한 상태라 혜주 편을 들어 주지 않았다.

수업이 끝나자 혜주가 다가왔다. 걸어오는 동안 윗도리가 펄럭였는데 배가 납작했다. 뼈대가 굵어 드러나지 않았을 뿐, 이제 보니 마른 편이었다.

윤은 혜주에 대해 알고 있는 사실을 떠올려 봤다. 3학년 1학기가 시작되자마자 전학을 와서 친구가 별로 없다는 것, 친구를 사귀려고 노력하지 않는다는 것, 카톡을 싫어한다는 것이 전부였다. 이건 안다고도 할 수 없다. 혜주는 어떤 환경에서 자랐을까?

문득 얼마 전에 본 텔레비전 프로그램이 떠올랐다. 속세를 떠나 문명의 이기를 거부하며 산에서 사는 사람들이 나오는 프로그램이었다.

"너 어디 살아?"

윤이 다짜고짜 물었다. 윤은 혜주가 부모님이랑 같이 산속에 산다고 말하길 내심 바랐다. 윤과 혜주가 다니는 학교는 경기도 외곽에 있었다. 신도시에 사는 애들과 오래된 빌라나 단독 주택에서 사는 애들이 섞여 있었다.

"아파트 사는데, 왜?"

"그럼 부모님은 뭐 하셔?"

"엔지니어."

혜주가 의아한 표정으로 대답하고는 눈빛으로 되물었다. 그런 걸 왜 묻느냐는 눈빛이었다. 윤은 다시 물었다.

"부모님이 혹시 시민 단체에서 활동하시지 않아? 인터넷 거부 시민 단체 같은 곳."

"세상에 그런 게 어딨냐?"

혜주가 피식 웃었다. 농담이라고 생각하는 듯했다.

윤은 농담이 아니었다. 혜주가 카톡을 굳이 안 하는 이유를 분석해서 어떤 범주에 넣고 싶었다. 부모님이 산속에 살면서 문명을 거부하고 그 영향으로 혜주도 카톡을 거부하는 거라면, 혜주를 미워하지 않고 이해할 수 있을 것 같았다. 그편이 아무런 이유 없이 그저 싫다는 이유로 카톡을 거부하는 것보다 덜 이기적으로 보였으니까.

"우리 지금 회의하는 거 어때?"

지아와 경희, 선화까지 모이자 혜주가 물었다.

"나 학원 가야 돼."

"나도."

지아와 경희가 말했다.

"학원 언제 끝나?"

결심을 했는지 혜주가 집요하게 물었다. 지아가 망설이다가 "9시."라고 대답하자 경희는 "10시."라고 대답했다.

"주말에는?"

혜주가 다시 물었다.

"아침 일찍 가지는 않지? 이번 주 토요일 아침 일찍 만나서 회의하면 어때?"

"그럼 늦어. 다음 주까지 제출해야 하는데, 그때 정해서 언제 취재하고 언제 기사 써?"

지아의 말에 혜주가 되물었다.

"그럼 어떡하자는 거야?"

여태껏 윤을 포함한 아이들이 혜주에게 했던 말이었다. 카톡을 안 하면 도대체 어떻게 하자는 거야?

회의는 건전한 방향으로 나아가지 못하고 고인 물처럼 계속 제자리에서 빙빙 돌았다. 지아도, 경희도, 윤조차도 자신의 생각을 바꿀 마음이 없었다.

"그냥 카톡을 깔아."

지아가 말했다.

"제발 깔아. 고집부리지 말고."

지아의 말이 끝나자마자 경희가 거들었다.

"강요하지 마. 카톡을 하건 말건, 그건 개인의 자유야."

혜주가 시뻘게진 얼굴로 아이들을 노려보고는 교실을

나갔다. 툭 건드리면 터질 것처럼 보였기 때문에 입을 다
물고 내버려 뒀지만, 윤은 수치스러웠다. 마치 자기들이
혜주의 자유를 억압하는 것처럼 느껴졌기 때문이다. 그러
나 이건 강요가 아닌 애원이자 부탁이었다. 윤은 그렇다
고 믿었다.

혜주가 나가고 한참 동안 이어진 침묵 끝에 경희가 갑
자기 물었다.

"쟤 라인은 하려나?"

"카톡도 안 하는 애가 픽이나 라인을 하겠다."

지아의 말에 경희도 피식 웃었다. "하긴." 하며 머리를
긁적이다 "아, 정말 짜증 난다." 같은 말들을 내뱉었다.
의미 없는 말들을 주고받다가 다들 가방을 메고 교실을
나갔다. 윤은 그때까지 한 마디도 하지 않은 선화의 생각
이 궁금했지만 묻지 않았다.

이럴 시간에 차라리 회의나 할걸 그랬다는 후회가 들
었다.

*

카톡카톡카톡…….

학원에서도 집에서도 카톡이 쉴 새 없이 울렸다. 조별

과제 단톡방뿐만 아니라 학원 친구들과 만든 단톡방에도, 반 단톡방에도, 방탄소년단을 좋아하는 애들끼리 만든 단톡방에도 시간 차이만 있을 뿐 계속해서 뭐가 올라왔다. 윤이 먼저 보낼 때도 있었다. 인터넷에서 웃긴 얘기를 보면 꼭 캡처했다가 단톡방에 올렸다. 단톡방에 제일 많이 올라오는 글은 "ㅋㅋㅋㅋㅋㅋ"였다.

지겹다고 생각하면서도 카톡이 오면 기계처럼 답했다. 가끔 귀찮아지면 일부러 카톡을 확인하지 않았다. 그러다 또 누가 어떤 글을 올렸는지는 궁금해서 스마트폰 상단에 뜬 카톡 미리 보기로 내용을 확인했다. 정말 내 의지로 카톡을 하는 걸까? 그런 의문이 머릿속에 둥둥 떠올랐다.

지아
그럼 각자 주말까지 기사 써서
월요일에 공유하자.

경희
인쇄는 내가 해 올게.

큰아빠가 작은 인쇄소를 하시거든.

지아
오, 대박!

이제 단톡방에서는 혜주의 'ㅎ' 자도 나오지 않았다. 있지만 없는 사람처럼, 존재하지만 존재하지 않는 사람처럼 취급했다. 단톡방에 없다는 이유로…….

카톡 세상에서는 혜주가 존재하지 않으니 틀린 건 아니었다. 세상은 온라인 세상과 오프라인 세상으로 나뉘어 있고, 온라인에서 존재하지 않는 사람은 오프라인에서도 서서히 존재가 지워졌다. 반대로, 오프라인에서만 존재하는 사람은, 역설적이게도 존재하지 않는 게 됐다.

그렇다면 존재란 무엇일까. 윤은 이런 어려운 생각을 하기가 싫었다. 간단하게 생각하고 싶었다. 이렇게 어려운 생각을 하게 만든 혜주가 미웠다.

윤을 포함한 아이들은, 카톡 세상에서뿐만 아니라 교실에서도 혜주에게 말을 걸지 않았다.

*

비록 A4 용지 크기지만 갱지에 인쇄하니 신문 느낌이 났다. 과제 제출용으로 한 부, 친구들에게 보여 주는 용도로 한 부, 총 두 부를 인쇄했다. 인쇄한 신문 중간에 학교 앞 핫도그 가게 할인 쿠폰과 맛집 지도를 넣었다.

선생님이 과제물을 넘기다 쿠폰을 발견하고 피식 웃었

다. 발표는 지아가 했다. 발표가 거의 끝날 때쯤 인형이가 손을 들었다.

"맛집 지도, 반 단톡방에 올려 줄 수 있어?"

"당연하지. 쉬는 시간에 바로 올릴게."

지아가 명쾌하게 대답했다.

"모두 수고했다. 할인 쿠폰은 누구 아이디어야?"

"아이디어는 윤이가 냈고요, 저와 경희가 만들었습니다."

"그럼 각 기사는 누가 썼지? 기사 아래에 작성한 사람 이름이 없네?"

"다 나눠서 썼습니다."

"그렇게 말하지 말고, 각자 어떤 역할을 했는지 분명하게 말해 줘. 다들 알겠지만, 조별 과제는 결과물만큼 협동심도 중요해. 과제를 아무리 잘했어도 누구는 배제되고 누구는 빠지고, 특정 한두 명이 다 했다면 좋은 점수를 줄 수 없어."

선생님이 단호하게 말했다.

교단에 서 있던 지아의 동공이 눈에 띄게 흔들렸다. 지아가 경희를, 경희가 윤을 바라보았다. 윤이 고개를 돌려 혜주를 봤지만 눈은 마주칠 수 없었다. 혜주가 고개를 숙인 채 어깨를 들썩이고 있었기 때문이다.

아이들과 선생님의 시선이 혜주의 어깨로 모였다. 시선이 모일수록 혜주의 어깨는 더 심하게 들썩였다.

윤은 혜주를 바라보는 선생님과 아이들을 보다가 문득 울고 싶어졌다. 과연 모욕을 준 자는 누구이고 모욕을 당한 자는 누구일까?

윤은 교실에서 사라지고 싶었다.

선생님이 종이컵에 녹차 티백을 하나씩 넣고 뜨거운 물을 부었다. 윤은 뜨거운 녹차를 호호 불며 마셨다. 이마에서 식은땀이 났다. 상담실은 좁았다. 선생님까지 여섯 명이 다닥다닥 붙어 앉아 숨소리까지 다 들렸다.

"그러니까 혜주만 빼고 회의했다는 거네."

"어쩔 수 없었어요."

지아가 웅얼거렸다. 지아와 경희, 윤이 공유하는 감정은 억울함이었다. 혜주가 카톡만 했어도 이런 일은 없었을 거라고 생각했다. 선화는 모르겠다. 아까부터 고개를 숙인 채 아무 말도 하지 않았다.

"꼭 카톡으로 해야 할 필요는 없지. 만나서 하면 됐잖아."

"학원 가야 하니까요."

"혜주도?"

혜주가 고개를 저었다.

"자꾸 너희만 억울하다고 하는데, 내가 과제를 내면서 회의는 카톡으로 하라고 한 적이 없어. 근데 카톡을 안 한다는 이유로 조별 과제에서 배제하는 게 정말 옳은 일이야?"

선생님이 화난 듯 목소리를 높였다.

"선생님, 선생님도 카톡 쓰시죠?"

지아가 눈이 시뻘게져서, 당장이라도 울 것 같은 얼굴로 물었다.

"왜 묻지?"

"쓰시잖아요."

선생님은 입을 다물었다. 이제 화를 숨기지 않았다.

"편해서 쓰시는 거잖아요. 편한 방법이 있는데 왜 다른 방법으로 해야 돼요?"

"카톡이 없었으면?"

"그럼 다른 방법을 찾았겠죠. 그런데 카톡은 있잖아요. 있는 게 사실이잖아요."

"그래서 잘했다는 거야?"

"왜 저한테만 그러세요? 그럼 끝까지 카톡 안 하겠다고 우긴 쟤가 잘했나요? 다 쟤가 선택한 일이란 말이에요!"

지아가 탁자에 엎드려 엉엉 소리를 내며 울었다. 아까 혜주의 자세와 비슷했지만, 느낌이 달랐다. 혜주가 연약한

피해자 느낌이었다면, 지아의 흔들리는 어깨에서는 지지 않겠다는 결연함이 느껴졌다.

"혜주가 왜 전학을 왔는지, 카톡은 왜 안 쓰는지 아는 사람 있어? 알아보려고 노력이라도 해 봤어?"

역시나 이유가 있었다는 말일까?

"다들 수행 평가 점수는 기대하지 마."

선생님이 단호하게 말하자 지아의 울음소리가 점점 격해졌다. 꺽꺽 소리까지 났다.

"선생님, 그건 부당하다고 생각해요."

경희가 침착하게 말했다.

"조별 과제는 협동심이 우선이라고 누누이 말했어. 지금 갑자기 정해진 원칙이 아니야. 혜주가 카톡을 안 한다는 이유로 조별 과제에서 배제된 게 너희 생각대로 혜주의 선택이라면, 지금 이 결과물도 너희의 선택이야."

선생님은 더 이상의 얘기는 듣지 않겠다는 듯이 엄격한 표정으로 아이들을 돌아봤다. 윤은 고개를 숙였다. 선생님은 나가면서 쾅 소리를 내며 문을 닫았다.

"진짜 짜증 나."

지아가 일부러 혜주 쪽은 보지도 않고 말했다. 경희는 혜주 반대쪽으로 몸을 비스듬히 기울이며 중얼거렸다.

"끼고 싶으면 카톡을 깔든지."

째려보기 대신 무시하기를 선택한 것이다. 지아와 경희가 상담실을 나가자, 선화가 우물쭈물 말했다.

"나는 네가 카톡 안 하는 이유를 먼저 말해 주길 기다렸어. 솔직하게 말했다면 다들 이해했을 거야."

선화의 말에 혜주가 손톱을 물어뜯었다. 선화는 혜주와 알고 지내던 사이일까? 그러고 보니 선화가 2학년 때 전학을 왔다는 사실이 기억났다. 같은 학교에서 전학 온 걸까? 선화까지 상담실을 나가자 윤과 혜주만 남았다.

"내가 몇 번이나 이유를 물어봤잖아. 그때 왜 말 안 했어?"

혜주가 독기를 품은 눈으로 윤을 노려보더니 되물었다.

"이유를 말해야지만 이해한다는 게, 정말 이해하는 거야?"

윤은 혜주의 적대적인 태도에 당황했다. 지금 화내야 할 사람은 혜주가 아닌 자신이었다. 자신은 지아나 경희와 달리 혜주 편에 서서 이해하려고 노력하는데, 고마워하기는커녕 화를 냈다. 어처구니없었다. 윤은 자리에서 일어났다.

"먼저 가 볼게."

혜주는 미간을 찌푸린 채 입술을 달싹거리다 이내 체념의 표정이 되었다. 서로가 서로를 이해하지 못해 답답했다. 윤은 끝이 없는 평행선을 달리는 기분이 들었다.

＊

그날 이후, 눈에 띄지는 않았지만 미묘한 변화가 있었
다. 우선 지아와 경희가 혜주를 철저히 투명 인간 취급을
했다. 그전에는 친하지 않아서 인사를 안 했다면, 지금은
고의로 모른 척했다. "휴지 있는 사람."이라고 물어봐서
혜주가 "여깄어." 하고 건네면 안 들린다는 듯이 "아무도
없어?" 하는 식이었다. 휴지를 들고 있던 혜주는 무안해
져 머리를 긁적였다.

이 모습을 지켜보던 아이들은 처음에는 당혹스러워했지
만, 지아와 경희를 욕하지는 않았다.

"나라도 그랬을 거야."

이렇게 수군거릴 뿐이었다. 1학기 중간고사 수행 평가
점수가 고등학교 입학에 영향을 끼친다는 사실이 아이들
을 더 자극했다. 그러면서 혜주에 관한 소문이 돌기 시작
했는데, 소문은 물에 젖은 솜처럼 점점 무거워져 나중에
는 반을 잠식했다.

혜주를 둘러싼 소문은 두 가지였다.

하나는 혜주 부모님이 집에서 개량 한복을 입고 생활
한다는 소문이었다. 이 소문은 중국집을 운영하는 인형이
아빠를 통해서 나왔다. 인형이 아빠가 배달 다녀와서 "요

즘에도 개량 한복을 입고 생활하는 사람들이 있네."라고 하기에 아파트 동 호수를 확인해 보니 혜주네 집이었다는 것이다. 그날만 우연히 입었을 수도 있는데, 그 말이 와전되어 혜주 부모님은 한여름에도 집에서 개량 한복을 입고 생활하는 융통성 없는 사람이 됐다. 한여름에 땀을 뻘뻘 흘리면서도 절대 벗지 않는다는 말까지 함께 전해졌다. 직접 보지 않으면 알 수 없는 정보라서 거짓일 확률이 높았지만, 그런 전후 사정을 아이들은 따져 보지 않았다. "그래서 혜주가……." 하면서 고개를 끄덕일 뿐이었다.

아이들은 이해할 수 없는 일들을 결코 그냥 넘기지 않는다. 이해하지 못하면 악으로 만들어서라도 이해하고 싶어 했다. 선(善)과 악(惡)의 대결만큼 명확한 구도는 없으니까. 아이들은 자신을 선의 영역에 두고 혜주를 악의 영역에 두려고 했으며, 그 근거를 찾으려 했다. 근거는 대개 실체가 조금 섞인, 거짓이었다.

다른 하나는 혜주가 전학 온 이유와 관련이 있었다. 전에 다니던 학교에서도 카톡을 사용하지 않겠다고 버티다가 물의를 일으켜 왕따를 당했다는 것이다. '만약 그렇다면 혜주도 좀 안됐다.'라고 윤은 생각했지만 다른 아이들은 그렇게 생각하지 않았다. 그 일을 자신의 신념을 위해 타인을 괴롭히는 아이라는 확증으로 받아들였다.

그런 소문이 짙은 안개처럼 서서히 눈앞을 가리는 와중에 윤은 혜주를 제대로 보려고 애썼지만, 흐릿하게 윤곽만 보일 뿐이었다. 안개에 갇히면 혼자 힘으로는 벗어날 수가 없다. 지금 아이들은 저마다 안개에 갇혀 있었다.

윤이 집에 가려고 책가방을 싸는데 웅성거리는 소리가 들렸다.

"카톡은 안 하면서 스마트폰 쓰는 거 웃기지 않냐? 효도 폰이나 쓰지."

혜주가 스마트폰을 만지작거리고 있었다.

"야, 너 효도 폰 본 적 없지? 요새 효도 폰에는 카톡이 아예 깔려서 나와."

대놓고 웃는 소리는 나지 않았지만 크큭, 크크큭, 하는 소리가 여기저기서 들려왔다. 윤은 고개를 돌리다 지아와 눈이 마주쳤다. 지아는 손으로 입을 막고 웃고 있었다.

다시 고개를 돌리다 이번에는 혜주와 눈이 마주쳤다. 혜주는 모욕당한 자의 눈빛을 하고 있었다. 아이들은 혜주가 자기들을 모욕했다고 생각했고, 혜주는 아이들이 자신을 모욕한다고 생각했다. 마치 핑퐁 게임 같았다.

안개는 자꾸만 차올랐다.

＊

> 혜주가 왜 전학 왔는지 말해 줄 수 있어?

윤은 고심 끝에 선화에게 카톡을 보냈다. 대화 상자 옆의 1은 사라졌지만 답이 없었다. 손톱을 물어뜯으며 초조하게 기다리고 있는데, 한참 만에 답이 왔다.

선화
> 나 그런 애 아니야.

윤은 "나 그런 애 아니야."라는 선화의 말이 무슨 뜻인지 한참을 생각하다 잠시 뒤 얼굴을 붉혔다. 윤이 생각하기에 그 말은 "너는 그런 애야."라는 말과 결이 같았다. 그렇다면 선화는 윤에게 이렇게 말하는 셈이었다.
"너는 남의 뒤나 캐고 다니는 애야."

> 혜주 도와주고 싶어서 그러는 거야.

윤은 이렇게 쓰고 톡방을 나왔다. 선화가 카톡을 확인했는지 안 했는지 궁금했지만 톡방에 다시 들어가지는 않았다. 그사이 카톡은 쉬지 않고 카톡카톡카톡 울렸다.

윤은 처음으로 카톡을 탈퇴하고 싶어졌다. 카톡이 보이지 않는 그물처럼 느껴졌기 때문이다. 만약 카톡을 탈퇴한다면 애들에게는 뭐라고 설명해야 할까? 아니, 그걸 꼭 설명해야 할까? 그냥 싫어서 탈퇴했다고 하면 안 되나? 개인의 자유인데? 아니야, 그러다 조별 과제라도 하게 되면? 그럼 그때만 잠깐 깔까? 카톡이 없었을 땐 조별 과제를 어떻게 했지?

윤은 머릿속이 복잡해졌다. 복잡해진 머리를 단순하게 하기 위해, 카톡을 탈퇴하지 않기로 마음먹었다. 다수가 쓰는 걸 굳이 거부하면서 복잡하게 살 필요는 없으니까. 그게 현명한 행동이라는 생각이 들었다.

*

발단은 아주 사소했다. 선생님이 체육 대회 관련 안내문을 탁자 위에 올려놓고 교실을 나가자 자연스레 앞줄에 앉은 아이들이 안내문을 나눠 주었다. 그중에 지아가 있었다. 혜주에게 줄 차례가 되자, 지아는 그동안 혜주를 모른 척한 게 민망해서인지 고개를 돌린 채로 안내문을 건넸다. 혜주는 팔짱을 낀 채 받지 않았다. 지아는 몇 번 더 안내문을 흔들다가 혜주를 힐끗 바라본 후에 안내문을 든 손에서 힘을 뺐다. 보는 사람에 따라서는 던졌다고 느낄 수도 있는, 애매한 동작이었다. 안내문은 혜주 얼굴에 떨어졌다.

다음 차례였던 윤은 그 광경을 멍하니 바라보다가 속으로 흠칫했다.

'실수겠지? 실수일 거야.'

윤은 고의라고 생각하고 싶지 않았다. 지아가 그대로 지나가려는데, 혜주가 지아의 팔목을 잡아당기더니 안내문을 지아 얼굴 쪽으로 던졌다. 평소의 혜주라면 하지 않았을 행동이었다. 혜주의 내면에도 뭐가 차곡차곡 쌓인 듯했다. 그게, 분노나 억울함처럼 좋지 않은 감정인 것만은 확실했다. 그렇다면 그게 혜주 책임일까? 아니면 아이들의 배타적인 행동 때문일까?

지아는 멍하니 서 있다가, 이내 자기한테 일어난 일을 파악하고 안내문을 집어서 다시 혜주에게 던졌다. 혜주 얼굴에 안내문이 날아들었다. 혜주가 다시 안내문을 집어서 지아 얼굴에 던졌고, 지아 얼굴을 때리고 떨어진 안내문을 지아가 다시 주워서 던지려는 순간, 윤은 자기도 모르게 지아의 팔을 잡았다. 지아가 윤을 쳐다봤다. 분노와 억울함이 가득한 눈빛이었다.

"놔."

지아가 팔을 빼내려고 몸을 뒤쪽으로 기울이자, 윤은 손에 힘을 주었다.

"놓으라니까! 놓으라고!"

지아는 소리를 지르며 펄쩍펄쩍 뛰면서 윤에게 잡힌 팔을 빼려고 안간힘을 썼다. 윤도 최대한 힘을 줬기 때문에 몸이 출렁거렸다. 그러다 지아가 뒤로 넘어지면서 윤의 몸도 같이 넘어갔다.

"아이, 씨!"

지아가 빽 소리를 질렀다. 그리고 누운 채로 휴, 한숨을 내쉬고는 자기 몸 위에 올라탄 윤을 밀쳐 냈다. 지아는 일어서서 머리를 매만지고 교복에 묻은 먼지를 털었다. 윤도 몸을 일으켰다. 반 아이들이 전부 세 아이를 주시하고 있었다.

지아와 윤을 멍하니 바라보던 혜주의 눈빛이 조금씩 변했다. 변했다고, 윤은 생각했다.

"내가 왜 카톡 안 까는지 이유가 궁금하다고 했지?"

혜주의 목소리가 살짝 떨렸다.

"친한 애들끼리 만든 단톡방이 있었어. 근데 그 단톡방 말고 또 다른 단톡방이 있었던 거야. 다들 카톡 하니까 무슨 말인지 알지?"

비밀 단톡방을 말하는 듯했다. 카톡을 하면서 가장 비참한 순간은 자기만 빼고 아이들끼리 따로 단톡방을 만들었다는 사실을 알았을 때다. 이유는 뻔하다. 단톡방에 없는 사람을 욕하기 위해서…….

"나만 빼놓은 단톡방에서 내 욕을 했어. 애초에 그러려고 만들었겠지. 근데 그 안에서 싸움이 일어난 거야. 흔한 일이지, 뭐. 그중에 누가 내 욕을 한 단톡방 대화를 모두 캡처해서 내가 속한 단톡방에 올렸어. 그걸 읽는데…… 악플을 읽는 연예인 심정이 이렇겠구나, 싶더라고."

고요하다고 해야 할까? 먼지마저 침묵하고 있는 듯했다. 울분에 가득 찬 혜주의 목소리만 교실을 떠돌았다.

"그때부터 카톡만 보면 속이 울렁거려. 그래서 그랬어. 그래도 내 잘못이라면, 그래, 미안해."

혜주가 지아를 한참 동안 쳐다보다 윤을 바라보았다. 윤이 뭐라고 말할 새도 없이 혜주의 눈에서 눈물이 툭 떨어졌다. 순간 드라마 속에 들어간 것처럼 현실감이 사라졌다. 눈물이 어떻게 저렇게까지 툭툭 떨어질 수 있을까?

혜주가 가방을 메고 뒷문으로 갔다. 모여 있던 아이들이 홍해가 갈라지듯 길을 터 주었다. 혜주가 나가자 어디선가 말들이 들려왔다.

"거봐, 이유가 있을 거라고 했잖아."

"나도 그럴 줄 알았어. 카톡을 할 수도 있고 안 할 수도 있는 거지, 다들 왜 저런대?"

몇몇 아이는 이렇게 말하며 지아를 노려보기도 했다. 마치 지아만 혜주를 박해했다는 듯이. 30도가 넘는 한낮에서 영하 10도가 넘는 새벽으로 순간 이동을 한 것처럼 드라마틱한 변화였다.

윤은 이상하다는 생각이 들었다. 갑자기 혜주 편에 서서 자신들은 무구하다는 듯 떠드는 아이들이. 더 이상한 건 혜주의 반응이었다. 카톡을 안 하는 이유를 윤이 집요하게 물어도 혜주는 단 한 번도 대답하지 않았다. 그런데 너무 느닷없었다. 윤은 아이들을 뚫고 혜주에게 달려갔다.

혜주는 운동장을 유유히 걷고 있었다. 윤은 숨을 헉헉 몰아쉬며 혜주의 어깨에 손을 올렸다. 혜주는 묘한 표정을 지었다. 네가 올 줄 알았다는 듯한 표정 같기도 하고, 이제 와서 왜? 하는 표정 같기도 했다.

"진짜야?"

"뭐?"

혜주가 윤에게 묻더니, 곧 피식 웃으며 대답했다.

"아니."

"뭐라고?"

농락당했다는 느낌만큼 기분 나쁜 감정이 있을까? 윤은

입술을 꽉 깨물고 혜주를 노려봤다.

"진실이 중요한 건 아니잖아."

혜주가 말했다. 윤은 혜주가 방금 한 말을 중얼거려 봤다. 진실이 중요한 건 아니잖아……. 아니라고 말할 수가 없었다. 때때로 진실은 중요하지 않다. 중요한 건 아이들을 납득시키는 일이고, 더불어 자기가 하는 일들이 선이라고 믿게 만드는 것이었다.

"진짜 이유를 말해 줄 수 있어?"

"이유는 없어."

윤의 물음에 혜주는 짧게 대답하더니, 이어서 덧붙였다.

"그게 진실이지만, 믿지 않겠지."

그때 현관에서 아이들이 쏟아져 나오는 소리가 들렸다. 윤은 혜주가 떠난 자리에 가만히 서 있었다.

시간이 얼마나 흘렀을까. 아이들이 윤을 지나쳐 갔다.

"지아 걔가 좀 심했어. 카톡 안 할 수도 있지."

"혜주 불쌍하다."

또 다른 희생양 찾기가 교실에서 시작돼 운동장으로, 다시 운동장 밖으로 퍼져 가고 있었다.

윤은 눈을 감고 귀를 막았다.

'나는 어떤 세계에 살고 있는 걸까? 눈 감고 귀 막으면 안전할까?'

무섭다는 감정만이 바다를 나온 물고기처럼 생생하게 팔딱거렸다. 윤의 팔에 오스스 소름이 돋았다.

카톡은 어쩌면 예시였을지도 모른다는 자각, 우리는 늘 희생양을 찾고 있었던 게 아닐까 하는 두려움이 엄습해 왔다. 희생양들이 하나둘 낙엽처럼 떨어지고 있었다. 다음 차례는 누굴까?

자신은 아니라고 확신할 수 없어, 윤은 두려웠다.

이 소설을 쓸 무렵에는 개개인의 개성(타고난 것이든 아니든)을 존중해 주지 않는 사회 분위기에 대해 많이 생각했습니다. 예전보다는 나아졌다고들 하지만, 더 나아져야 하지 않을까? 하는 마음으로 작업했습니다.

그러니까 이런 생각이요.

학교 폭력이 없다고 말하는 학교보다는 학교 폭력이 몇 건 발생했다고 보고하는 학교가 더 안전하다는 느낌이 드는 것처럼, 차별에 대해 말하고 전체주의에 대해 말하는 지금이 저는 과거보다 더 안전하다고 생각합니다.

굳이 이 이야기를 덧붙이는 이유는, 어두운 현실에 대해 말할 때면 세상을 너무 어둡게만 그리는 것 같은 죄책감이 들기 때문입니다.

혐오와 배척, 낙인이라는 주제를 다루었지만 연대에 대해 자주 생각했습니다.

소설을 쓰는 시기와 출간하는 시기 사이에는 간격이 있습니다.

이 소설을 쓰고 난 후 우리는 전례 없는 일들을 겪고 있습니다. 여기서 말하는 '우리'는, 스케일이 크게도 전 세계를 말합니다. 이번만큼 전 세계가 연결되어 있다고 느낀 적이 드뭅니다. 그러나 이런 깨달음에도 불구하고 서로 바이러스를 옮길까 국가 간, 사람 간 경계가 강화되었습니다. 당연한 일이지만 슬프기도 합니다.

이런 흐름은 우리를 어디로 데려갈까요?

두렵고 무섭지만, 작은 용기를 품어 봅니다. 남이 내민 손길을 외면하지 않겠다는 용기, 남에게 손 내밀 수 있는 용기 말입니다.

악마를
주웠는데
말이야

범유진

창비 신인문학상을 받으며 등단했다. 따뜻하고 다양한 시선으로 사람들에게 이야기를 전해 주는 스토리텔러가 되기를 꿈꾸고 있다.

지은 책으로는 『선샤인의 완벽한 죽음』, 청소년 소설 『맛깔스럽게, 도시락부』, 동화 『영웅학교를 구하라!』, 함께 지은 책으로는 『대멸종』 『냉면』 등이 있다.

01.

역시나 이번 생은 망했다.

팔씨름이 문제였다. 한 달 전부터 남자애들 사이에서는 툭하면 팔씨름 대회가 벌어졌다. 놀이를 가장한 힘의 서열 매기기는 학기가 바뀔 때마다 반복되었다. 그때마다 나는 책상에 엎드려 자는 척을 했다. 애들도 굳이 나를 대전표에 끼워 넣지 않았다. 바닥을 깔아 주는 약골. 그게 공공연한 내 위치였다.

한찬솔. 키 큰 소나무처럼 힘차게 자라라고 아빠가 지어 준 이름이다. 아빠는 틀렸다. 키 큰 소나무는 무슨. 소나무

가지를 뚝 잘라 화분에 심어 놓은 분재처럼, 내 키는 자랄 생각을 하지 않았다. 키 153센티미터에 몸무게 40.3킬로그램. 별명은 깡마른 멸치, 줄여서 깡멸. 이게 내 현실이다. 노력을 안 한 것도 아니다. 잘 먹고 일찍 잤다. 운동? 물론 열심히 했다. 키 크는 보약도 먹었다. 그랬지만 내 키는 요지부동, 클 생각을 안 했다.

그래도 중학교 입학 전까지는 희망이 있었다. "중학교 가면 확 클 거다." 주변에서 어른들이 입을 모아 그렇게 말했다. 중학교 배정을 받고 교복을 사러 갔을 때, 엄마는 주저 없이 한 치수 큰 걸 골랐다. 엄마도 틀렸다. 열다섯 살 봄이 지나고도, 내 교복 바짓단은 안쪽으로 꿰맨 그대로였다. 중학교 2학년이 되어 새로운 교실 문을 열던 날, 나와 키가 비슷하던 몇 안 되는 친구들이 나보다 머리 하나쯤 커져서 나타났다. 그날 집으로 돌아와, 현관에 붙은 거울 앞에 서서 내 모습을 들여다보았다. "이번 생은 망했어." 입에서 툭, 진심이 굴러 나왔다.

그때부터 내 인생은 계속 망하고 있다.

"남자애들은 유치하게 맨날 저러고 있냐."

"여자애들, 힘으로 못 이기니까 괜히 말로만 센 척."

"왜 못 이겨? 우리한텐 은아가 있거든? 은아야, 남자애들 확 눌러 버려."

팔씨름 도중 남자애들과 여자애들 사이에 유치한 말싸움이 오갈 때부터 심상치 않았다. 유치한 말싸움 따위 무시하고 싶었지만, 주은아 이름이 섞여 나와서 그럴 수가 없었다. 그러니까 그거다. 나는 주은아를 좋아한다. 은아와 같은 반이 아니었던 작년 5월부터, 이른바 짝사랑 중이다. 다른 아이들에게 들키면 무슨 말을 들을지 뻔하다. "깡멸 주제에 인싸 중의 핵인싸 은아를 좋아한다고? 주제를 알아라, 좀." 이럴 거다. 그래서 아무한테도 티를 내지 못하고 있다.

"주 장사도 여자니까 봐주는 거다. 야, 깡멸. 주 장사랑 팔씨름 한번 해라."

나는 벌떡 일어났다. 팔씨름이라니, 손을 잡을 수 있다는 말 아닌가! 책상을 가운데에 두고 은아와 마주 앉자, 심장이 입에서 튀어나올 것처럼 쿵쾅거렸다. 은아가 내 손을 움켜쥐었다.

"아무리 깡멸이어도 설마 여자한테 지겠냐."

아이들은 나와 은아를 둘러싸고서 내가 그 자리에 없기라도 한 듯 떠들었다

"주 장사가 여자냐?"

"왜? 주 장사, 명찬 선배랑 사귀잖아."

"으, 남자보다 힘센 여자랑 사귀다니. 난 절대 싫어."

주 장사. 은아 별명이다. 은아는 투포환 선수다. 시 대회에서 우승까지 했다. 그러니까 내가 질 수도 있지 않을까. 지면 남자도 아니라는 말에 얼떨떨한 사이 내 손등이 쾅, 책상에 부딪혔다. 앞에 앉았던 은아가 벌떡 일어나 키득거리는 아이들 사이로 섞여 들어갔다.

"남자보다 힘센 여자한테 한번 맞아 볼래?"

책상 앞에 나만 덩그러니 남았다. 그 순간, 갑자기 교실 창문 쪽이 번쩍였다. 우르릉 쾅. 천둥이 치더니 굵은 빗줄기가 창문을 마구 때렸다. 우산도 안 가져왔는데 비라니. 나는 풀썩 책상에 엎드렸다.

완전 망했다.

*

"엄마! 왜 전화도 안 받아? 비 쫄딱 맞았잖아!"

현관문을 열자마자 소리쳤다. 학교부터 비를 맞고 뛰어왔더니 머리에서 빗물이 뚝뚝 떨어졌다. 운동화 속에서도 빗물이 철벅거렸다. 운동화를 벗으며 엄마를 불렀지만 대답이 없었다. 집에 아무도 없는 모양이었다. 나는 방에 들어가 책가방을 던지고 침대에 벌렁 드러누웠다. 엄마의 잔소리도, 텔레비전 소리도, 윗집 아이들이 뛰는 발소리도 들리지 않았다. 빗소리만 가득한 방 안에 누워 있으니 자꾸만 점심시간 때 일이 머릿속에서 재생되었다.

'은아는 내 이름이나 알까?'

모를 것 같았다. 공부도 그냥저냥, 얼굴도 그냥저냥, 운동도 그냥저냥. 그렇다고 집안이 금수저인 것도 아니다. 가정 환경도 그냥저냥. 내가 나를 훑어봐도 뭐 하나 잘난 구석이 없다.

그래도 은아와 가까워지려고 노력했었다. 은아가 아이돌 그룹 '절대 보이스'의 팬이라기에, 춤으로 관심을 끌어 보려고 했다. 장기 자랑을 앞두고 일주일 내내 유튜브를 보며 열심히 연습했다. 결과는 꽝이었다. 망신만 당했다.

아무리 노력해도 난 안 된다. 키도 안 크고, 잘하는 것도 없고, 남자 취급도 받지 못하는 열다섯 살의 삶이라니. 진짜 인생 망했다. 이번 생은 망이다. 망!

한숨을 푹 내쉬는데 쾅, 누가 창문에 돌이라도 던진 듯한 소리가 났다. 나는 침대에서 벌떡 일어나 창가로 갔다.

참새였다. 깃털이 검은 참새가 창틀에 떨어져 있었다. 나는 얼른 창문을 열고 참새를 집어 올렸다. 참새는 내 손바닥 안에 쏙 들어올 만큼 작았다. 책상에 수건을 깔고 참새를 올려놓았다. 동물 병원에 데려가야 할까? 참새를 들여다보는데 조금씩 눈꺼풀이 무거워졌다.

"한찬솔! 거실에 물 다 떨어졌잖아!"

엄마 고함 소리에 퍼뜩 잠에서 깼다. 깜박 졸았던 모양이다. 잠에서 깨자마자 잔소리부터 듣다니.

"역시 이번 생은 망했어."

나는 기지개를 켜며 중얼거렸다.

"그럼 망하지 않은 삶을 살아 보면 어때?"

방에는 나 혼자인데, 누가 내 혼잣말에 대답했다. 잠이 확 깼다. 책상 위, 수건 속에서 얼굴을 내민 참새가 나를 빤히 올려다보고 있었다.

"나를 구해 줬으니 소원을 들어주겠다, 이 말이야."

사람 말을 하는 참새라니. 아무래도 내가 이상한 걸 주웠나 보다.

02.

"나는 카임의 셋째 아들이야. 카임은 새의 날개를 단 위대한 악마지. 새의 말은 물론이고 모든 동물의 말을 할 줄 안다고."

"그럼 너도 악마라는 말이네?"

"정확하게 말하면, 아직은 악마 후보생이야. 어쨌든 악마도 은혜를 갚는 법이야. 날 믿어."

자신을 악마 후보생이라고 주장하는 참새가 신기한 제안을 했다. 원하는 사람의 삶을 살아 보라는 것.

조건은 간단했다. 최대 세 명의 삶을 살아 볼 수 있는데, 내가 원하는 대상이라면 누구든지 OK. 그러다 마음에 드는 삶이 있으면 그대로 내 삶으로 만들어 주겠다는 거였다.

"세 명 중에 A의 삶이 마음에 든다, 그러면 A의 가정 환경, 외모, 특기 등등이 몽땅 네 것이 되는 거야. 물론 다른 사람들도 원래부터 A가 한찬솔이었다, 그렇게 여기도록 기억도 수정해 줄게. 대상을 정하기 전까지 A는 A인 채로 네가 A의 몸에 들어가는 형태가 되겠지만."

확 끌렸다. 그야말로 아무 노력 없이 인생 역전을 할 수 있는 기회였다.

"대신에 조건이 하나 있어. 다른 삶을 사는 동안 '이번 생은 망했어.'를 세 번 이상 말하면, 네 영혼은 내 것이 된다."

그저 그런 깡멸이 아니라 완벽한 사람의 삶을 살 텐데, 그런 말을 할 일이 있을까? 하지 않을 자신이 있었다.

"좋아. 콜!"

"그럼 정해. 누구의 삶을 살아 볼래?"

고민할 필요조차 없었다. 참새의 제안을 듣자마자 떠오른 얼굴이 있었다. 우리 학교 3학년, 유명찬 선배. 키 크고, 잘생기고, 늘 전교 10등 안에 드는 데다 운동도 잘하고, 인기도 많다. 그야말로 '엄친아'다. 그렇지만 내가 명찬 선배가 되고 싶은 결정적인 이유는 따로 있었다.

명찬 선배가 은아의 남자 친구니까.

"좋아, 눈을 감아. 내가 셋을 세면 눈을 뜨는 거야."

나는 눈을 감았다. 눈을 뜨면 진짜로 다른 사람이 되어 있을까?

쨱. 쨱. 하나, 둘, 셋! 참새가 외쳤다.

*

나는 슬며시 눈을 떴다. 고양이를 안은 은아가 나와 마주 보고 있었다. 은아의 등 뒤로 노을이 금빛을 뿌리며 좁은 골목길을 물들였다.

"선배가 마음을 정했다니 어쩔 수 없지."

선배라고? 나는 담벼락에 붙은 안전 거울에 얼굴을 비춰 봤다. 분명 명찬 선배 얼굴이었다. 내가 진짜 명찬 선배가 되다니. 게다가 은아가 바로 앞에 있다니. 그야말로 행운이었다.

"선배……. 나랑 헤어지니까 그렇게 좋아?"

뭐라고? 거울에서 눈을 떼고 황급히 뒤돌아봤다.

"헤어져?"

"됐어. 여자답지 못해서 싫다니, 나도 그런 이유로 헤어지자는 사람 싫어. 잘 가세요."

은아는 성큼성큼 골목을 빠져나가 길 건너편 단독 주택 안으로 사라졌다. 쾅. 초록색 철문 닫히는 소리가 내가 서 있는 곳까지 들렸다. 그러니까 이게 무슨 상황이냐 하면…….

"명찬 선배가 은아를 찬 거야? 지금? 내가 선배 몸에 들어온 순간에? 왜 하필?"

상황 파악 완료. 은아의 남자 친구가 되고 싶어서 명찬 선배를 골랐는데 허사가 됐다. 나는 골목에 한참을 멍하니 서 있었다. 어느덧 노을은 사라지고, 이내 주변이 어두워졌다.

"이젠 어떻게 하지? 와, 아무래도 이거 망…….""

나는 한 손으로 얼른 내 입을 틀어막았다. 그러고는 어깨에 앉아 있는 참새에게 물었다.

"이거, 망했다는 말 하면 어떻게 돼?"

"그 사람의 삶을 살아 보는 체험은 종료. 기회를 한 번 날리는 거지."

기껏 '엄친아' 명찬 선배가 됐는데 바로 한찬솔로 돌아
가고 싶진 않았다. 나는 일단 골목을 벗어나 무작정 버스
정류장으로 향했다. 명찬 선배 집은 알지도 못하는데 어
떡하나 고민이 되었다.

버스가 앞에 와 멈췄다. 반사적으로 버스에 올라탔다.
계속 고민하면서 몇 정류장을 지났다. 버스에서 내렸다.
정신을 차렸을 때, 나는 처음 보는 아파트 현관문의 비밀
번호를 누르고 들어가 낯선 방문 앞에 서 있었다.

"뭐야. 어떻게 된 거지?"

어리둥절했다. 참새는 그제야 내 셔츠 주머니에서 얼굴
을 쏙 내밀었다. 얼굴 털이 부스스한 것이, 아무리 봐도
자다 깬 모양새였다.

"지금은 네가 유명찬이니까. 유명찬이 알고 있는 정보
나 지식은 당연히 활용할 수 있지. 집에 오는 길이라든가,
수학 문제 푸는 거라든가."

"그럼 여기가 명찬 선배 집이야? 왜 그런 걸 안 알려 줬
어?"

"난 악마니까. 그렇게 친절한 악마가 어디 있냐?"

"사람 주머니에서 낮잠 자는 악마도 없지!"

"날개를 다쳐서 날 수가 없단 말이야."

나는 잠시 망설이다 방문을 열었다. 방에 들어서자마자

눈에 들어온 건 최신 컴퓨터였다. 엄청나게 갖고 싶었지만, 꽤 비싸서 사 달라고 할 엄두조차 내지 못하던 컴퓨터였다. 옷장에는 유명 브랜드 옷이 걸려 있었고, 심지어 학교 슬리퍼까지 비싼 브랜드였다. 그제야 실감이 났다. 나는 이른바 '잘나가는 애'가 된 것이다. 원하는 건 다 가질 수 있는 열여섯 살. 그러자 은아와 헤어진 것쯤은 아무렇지 않게 느껴졌다.

'내일 은아를 만나서, 다시 사귀자고 하면 되잖아.'

그럼 나는 '잘나가는' 유명찬으로, 은아의 남자 친구로 지낼 수 있을 거다. 그런데 명찬 선배는 왜 은아와 헤어졌을까? 혹시 명찬 선배가 진짜 큰 실수를 했으면 어쩌지 싶었다. 헤어진 이유를 떠올리려고 했지만, 아무것도 떠오르지 않았다.

"정보는 네 것이 되더라도, 감정까지 그럴 수는 없어. 남의 삶을 훔친다는 게 그런 거야."

"헤어진 이유는 정보 아니야?"

"연애라는 게, 갑자기 상대방 얼굴에 난 점이 미워 보여서도 헤어지는 거잖아. 연애에 객관적인 사건이나 정보 따위는 존재하지 않아."

"내가 은아를 좋아하게 된 계기는 분명한데?"

작년 5월이었다. 은아가 투포환 선수로 시 대회에 나갔다. 체육 선생님은 반에서 몇 명씩을 뽑아서, 응원 팀을 만들어 대회에 데려갔다. 그중 한 명이 나였다. 툴툴거리며 가서, 투포환 던지는 은아를 봤다. 내 얼굴만 한 공을 들고 매서운 눈빛으로 앞을 보는 은아는 반짝반짝 빛이 났다. 세상 모든 악당과 맞서 싸우는 전사 같은 모습이었다. 은아의 손에서 투포환이 날아갔다.

그 순간, 나는 사랑에 빠졌다.

"경기를 봤다고 모든 사람이 은아에게 반하지는 않았잖아. 경기는 객관적인 '사건'이라도 반한 건 너의 감정이야. 그때 은아가 빛나 보인 것도 오직 찬솔이 너만의 감정인 거야."

이해가 될 것도 같고…….

고개를 갸웃거리는데, 옷장에 달린 전신 거울이 눈에 들어왔다. 한찬솔과는 비교도 안 되게 잘생긴 유명찬의 얼굴과 몸이 거울 속에 있었다. 저런 얼굴로 미안하다고 하면, 웬만한 일은 다 용서받을 수 있지 않을까 싶었다. 게다가 저 다리 길이라니. 나는 거울에 비친 내 모습에 질투심을 느꼈다.

"왜 같은 인간인데 누구는 깡멸이고 누구는 이렇게 키가 크냐. 정말 불공평해. 참새, 넌 좋겠다. 악마들은 이런 걸로 스트레스 안 받을 거 아냐."

"안 받기는. 나도 몸집 작다고 얼마나 구박을 받았는데."

참새 말에 따르면, '카임'이라는 악마의 후보생들은 보통 개똥지빠귀로 태어난다고 한다. 개똥지빠귀의 평균 크기는 25센티미터. 그런데 어찌 된 영문인지 참새는 참새의 모습으로 태어난 것이다. 개똥지빠귀나 참새나 둘 다 같은 '참새목'이지만, 참새의 평균 크기는 개똥지빠귀보다 10센티미터 작은 15센티미터다. 참새는 그 얘기를 하면서 부르르, 분노에 몸을 떨었다.

"같은 악마 후보생인데 몸이 작다는 이유 하나로 영혼을 빼앗으러 갈 기회도 안 주는 거야. 후보생이 된 지가 150년인데! 악마 나이 150이면 열다섯 살이야. 그럼 한 번쯤은 실습 나갈 기회를 주거든. 그런데 나한테는 안 주는 거지! 작다고! 그래서 몰래 빠져나왔다가 비에 휩쓸려서 네 방 창문에 그 꼴로 있었던 거라고."

"어떤 기분인지 알아! 나도 농구할 때 계속 후보만 하라는 거야. 기회도 주지 않는 게 제일 기분 나빠. 잘하는지 못하는지 보지도 않고."

악마에게 동지애를 느낄 줄이야. 나는 참새의 작은 날개를 주먹 끝으로 가볍게 톡 쳤다.

"야, 우리 잘 맞는데? 친구 하자."

참새는 잠시 내 주먹을 바라보더니, 휙 몸을 돌렸다.

"악마가 무슨 친구야. 그런 건 악마답지 않아."

"치, 싫으면 말고."

나는 다시 거울을 들여다봤다. 아무래도 표정이 어색해 보였다. 내일 은아를 만나서 다시 사귀자고 하려면 표정 연습을 해야 할 것 같았다. 혹시라도 평소 명찬 선배 같지 않다는 의심을 받으면 큰일이니까. 나는 거울을 보며 열심히 연습했다.

'그런데 명찬 선배인 채로 은아와 사귀게 되면…… 찬솔이의 감정은 영영 전하지 못하는 걸까?'

퍼뜩 떠오른 생각에 거울 속 얼굴에서 미소가 사라졌다. 나는 고개를 가로저었다. 쓸데없는 생각을 할 때가 아니었다. 연습, 또 연습. 최대한 명찬 선배답게, 멋있게.

'망할 리 없어. 완벽한 삶이잖아, 이건.'

새벽 3시, 더는 졸음을 참을 수 없을 때까지 맹연습은 계속되었다.

*

"우리 아들, 일어나세요. 아침 동강 들어야지요."

나는 잠이 덜 깬 채 입가에 흐른 침을 닦았다. 낯선 얼굴이 눈앞에 어른거렸다. '어머니'라고 명찬 선배의 기억이 가르쳐 주었다. 아줌마는 내 등을 떠밀어 컴퓨터 앞에 앉혔다. 시계를 보니 새벽 6시였다. 컴퓨터 모니터에서는 동영상 강의가 돌아가고 있었다.

"아들. 어젯밤에 학원 숙제 다 안 하고 잤네요? 오늘 학교 가져가서 해야겠어요."

나는 두 시간 동안 졸음을 참으며 동영상 강의를 들었다. 아줌마가 등 뒤에 서서 감시하는 탓에 졸 수도 없었다. 그러고는 학원 숙제가 가득 든 책가방을 메고 학교에 갔다. 숙제라고 준 시험지가 어찌나 두툼한지, 쉬는 시간마다 풀어도 끝이 보이지 않았다. 하지 말까 싶을 때면 귀신같이 아줌마한테서 메시지가 날아왔다.

"차라리 지옥에서 공부하는 게 더 편하겠다."

교복 주머니에서 참새가 짹짹거렸다. 참새 말로는, 나 말고 다른 사람들 눈에는 참새가 보이지 않는다고 했다.

나는 시험지와 메시지에 시달리면서도 틈틈이 은아를 만나러 갔다. 그러나 은아는 교실에도, 체육관에도, 어디에도 없었다. 메시지를 보내도 답장이 오지 않았다. 명찬 선배를 피하는 게 분명했다. 작전 변경. 학교 끝나고 은아네 집으로 찾아가기로 마음먹었다.

나는 학교가 끝나자마자 기세 좋게 교문을 나섰다. 그런데 웬걸. 교문 앞에 아줌마가 서 있었다. 나는 아줌마 손에 잡혀 납치당하듯 차에 올라탔다. 아줌마는 내게 쉴 새 없이 물었다. "학원 숙제 다 했어?" "경시대회 체크는?" "수행 평가 결과 어떻게 나왔니?"

잠시 후, 차는 학원 앞에 멈췄다. 나는 이번에도 아줌마 손에 떠밀려 학원 안으로 들어갔다. 숨 쉴 틈도 없이 빠르게 진행되는 일에 어지러울 지경이었다. 자리에 앉자, 한 무리의 아이들이 나에게 다가왔다. '학원 친구들. 학교는 다름.' 명찬 선배의 기억이 재빨리 핵심 정보를 알려주었다.

"명찬이 너, 어제 여친이랑 헤어졌다며? 엄마가 헤어지란다고 진짜 헤어졌나?"

"헤어졌겠지. 엄마가 죽으라면 죽는 시늉까지 하는 새끼인데."

"주은아잖아, 얘 여친. 오늘 학교에서 완전 우울 모드였다더라."

"네가 어떻게 알아? 학교도 다른데."

"내 동생이 주은아 엄청 좋아하거든. 멋있다고. 덕분에 실시간으로 소식 좀 들었지. 그런 뚱뚱하고 선머슴 같은 여자애가 운동 좀 잘한다고 꺅꺅거리는 걸 보면 내 동생이지만 노 이해."

"유명찬, 여친 찬 기념으로 음료수나 쏴라."

낄낄거리는 아이들 사이에서 나는 전혀 웃을 수 없었다. 명찬 선배가 은아에게 헤어지자고 한 이유가 선배 엄마 때문일 줄이야. 동네 아줌마들이 드라마 얘기를 하며 그랬었다. 마마보이는 여자를 불행하게 만들 뿐이라고. 그런데 명찬 선배가 바로 그 마마보이였다. 게다가 이 마마보이 때문에 은아가 내내 우울해했다니!

'이렇게 공부에 시달리는데, 엄마 눈치 보느라 좋아하는 아이랑 사귀지도 못한다고?'

한찬솔이 왜 주은아를 좋아하게 됐는지 영영 전하지 못하는 대신에 얻는 삶이 고작 이런 거라니, 기가 막혔다.

"어휴……. 이 생은 망이다, 망!"

중얼거린 순간, 눈앞이 새까맣게 변했다.

03.

눈을 뜨니 내 방이었다. 방문 밖에서 엄마의 고함 소리가 들렸다. "한찬솔! 거실에 물 다 떨어졌잖아!" 나는 참새를 주운 그날의 내 방으로 돌아와 있었다.

"기회는 두 번 남았어."

시간을 되돌아갈 줄은 몰랐다. 그렇다는 건, 이제 곧 은아가 명찬 선배에게 차인다는 뜻이기도 했다. 아니, 벌써 차였을지도 모른다. 내일까지 내내 우울해할 은아가 걱정됐다.

"나, 지금 가장 가까이에서 은아를 위로할 수 있는 삶을 고를래."

"뭐? 다시 생각해 봐. 좀 더 화려한 삶도 있다고. 특별히 체험 서비스를 해 줄게."

참새가 책상 위에서 날개를 퍼덕였다. 그러자 롤러코스터를 탄 것처럼 몸이 위로 붕 치솟았다. 롤러코스터가 꼭대기까지 올라갔을 때, 나는 무대에서 멋있게 랩을 하는 래퍼가 되었다. 그러다 눈을 깜빡하자 농구 코트에서 덩크 슛을 내리꽂았고, 다음 순간에는 백만 구독자를 둔 유명 유튜브 게임 스트리머가 되어 있었다. 참새가 맛보여 준 삶은 모두 유명인들의 삶이었다. 나를 향한 사람들의 함성과 박수가 사탕처럼 달콤했다.

롤러코스터가 끝났다. 나는 다시 한찬솔이 되어 방 한가운데에 서 있었다.

"저런 삶을 살 수 있는데, 그 기회를 홀랑 날려 버릴 거야?"

방금 막 경험한 달콤한 삶과 거듭되는 참새의 설득에

마음이 흔들렸다. 그렇지만 은아를 위로해 줄 수 있는 사람은 나밖에 없었다. 명찬 선배가 마마보이에다 별 볼 일 없는 사람이라는 사실을 은아에게 알려 줘야만 했다.

"내 결심은 변하지 않아. 은아를 위로할 수 있는 삶!"

"하여간 인간은 도무지 알 수가 없다니까."

참새는 불만스러운 듯 날개를 두어 번 파닥거렸다. 나는 참새를 빤히 바라보았다. 어쩐지 참새가 좀 커진 듯 보였다. 그런 생각을 말하자 참새는 펄쩍 뛰었다.

"무슨 소리야? 하나도 안 커졌어. 자, 그럼 카운트다운. 하나, 둘, 셋!"

참새는 무언가에 쫓기듯 갑자기 숫자를 셌다. 나는 눈을 감았다.

*

눈을 떴다. 그런데 눈에 비친 세상이 이상하게 흐릿했다. 뜨뜻미지근한 바람이 털 사이로 스며들었다. 잠깐, 털이라니? 나는 몸을 비틀어 아래로 풀쩍 뛰어내렸다. 책상도, 의자도, 침대도 모두 내 위로 높게 솟아올라 있었다. 베란다 유리창에 내 모습이 비쳤다.

고양이였다.

"네로, 이리 와. 누나 방금 차였단 말이야."

누가 나를 들어 올렸다. 눈을 몇 번 깜빡이자 흐릿한 시야에 익숙해졌다. 은아였다. 은아가 나를 꼭 끌어안고 털에 얼굴을 비볐다.

"내가 여자답지 않아서 싫대. 도대체 여자답다는 게 뭐지? 날씬하고, 얌전하고, 운동을 못해야 여자다운 거야? 난 엄연히 여잔데. 나다운 거랑 여자다운 게 대체 뭐가 다르냐고!"

은아는 나를 끌어안고 그대로 침대에 털썩 드러누웠다. 은아의 심장 소리가 아주 또렷하게 들렸다. 나는 은아 품에 안긴 채, 은아를 올려다봤다. 은아의 미간에 주름이 잡혀 있었다. 나는 은아 품에서 빠져나와 은아의 이마를 어루만졌다. "은아야, 네가 아까워. 명찬 선배는 그렇게 멋있는 사람이 아니라고." 그렇게 말해 주고 싶었지만, 입에서 나오는 건 야옹 하는 고양이 울음소리뿐이었다.

"우리 네로, 누나 위로해 주는 거야? 너밖에 없다."

은아가 내 앞발을 살포시 잡고 배시시 웃었다. 발 몇 번 움직였을 뿐인데 은아의 이런 얼굴을 볼 수 있다니. 고양이의 삶도 꽤 괜찮다는 생각이 들었다.

"야, 뚱돼지! 라면 하나 끓여."

방문 밖에서 거친 목소리가 날아들었다. 고양이의 청력

이 이렇게 민감한 줄은 미처 몰랐다. 목소리만으로 나는 많은 걸 알아차렸다. 문밖에 있는 사람은 남자고, 덩치가 크고, 위협적이었다.

"오빠는 손 없어? 오빠가 끓여 먹어!"

방문이 벌컥 열리고 추리닝을 입은 남자가 성난 표정으로 들어왔다. 남자는 방에 들어오자마자 나를 향해 손을 뻗었다. 남자의 커다란 손바닥은 몹시 위협적이었다. 나는 앞발을 휘둘렀다. 발이 남자의 손바닥을 스치자, 남자는 욕을 내뱉으며 뒤로 물러섰다.

"이게 날 할퀴어? 주은아! 이거 당장 다시 버리고 와."

"돌봐 주지는 않아도 평소에는 예뻐하더니, 왜 갑자기 신경질이야?"

"네가 안 버리면 내가 버린다. 아니면 아빠한테 저게 나 할퀴었다고 이를 거야. 그럼 내가 가만있어도 아빠가 버리겠지."

은아가 나를 꼭 껴안았다.

"라면 끓여 줄게. 아빠한테 이르지 마."

은아는 나를 내려놓고 방을 나갔다. 남자는 문가에 서서 계속 나를 노려보다가 갑자기 내 꼬리를 꽉 밟았다. 꼬리가 떨어져 나갈 듯이 아팠다. 나는 등을 곧추세우며 날카롭게 울었다. 남자는 콧방귀를 뀌며 내 앞에 쪼그려 앉아 중얼거렸다.

"말도 못하는 고양이 주제에. 야, 네 인생은 망한 거야. 망했다니까!"

안 망했어. 은아를 위로해 줄 수 있는데 망하긴 왜 망해. 나는 그렇게 대꾸하고 싶었다. 하지만 야옹, 야아옹 하는 고양이 울음소리만 나올 뿐이었다.

'말싸움도 제대로 못 하다니. 이 인생 좀 망……. 아니지, 아니야.'

남자와 마주하고 있으니 "이 생은 망했어."라는 말이 툭 튀어나올 것 같았다. 나는 남자를 무시하고 뒤돌아서 은아가 있는 부엌으로 갔다. 은아는 가스레인지 앞에서 라면을 끓이고 있었다. 나는 식탁 아래 자리 잡고 앉아 은아를 올려다봤다.

"은아 너 또 뭘 먹어? 그렇게 먹으니까 뒤룩뒤룩 살이 찌지!"

또 다른 목소리가 거실에서 쩌렁쩌렁 울렸다.

"하여간 제 엄마 닮아서 고집만 세. 여자가 무슨 투포환을 한다고."

은아는 라면을 냄비째 식탁에 탁, 소리 나게 올려놓았다. 그러고는 식탁 아래로 손을 뻗어 나를 안아 올렸다.

"야, 어디 가?"

등 뒤에서 고래고래 따라붙는 고함 소리를 무시하고 은아는 집을 나섰다. 해가 저문 골목을 걸으며 은아는 계속 내 등을 쓰다듬었다.

"네로야, 너무하지 않아? 작년에 상 받아 왔을 때도 꽃다발은커녕 칭찬 한마디 없었어. 만날 밥하고 청소하라는 말이나 하고. 내가 무슨 신데렐라야?"

은아 어머니는 은아가 어릴 때 돌아가셨다는 것, 은아 아버지는 은아가 투포환을 안 했으면 한다는 것, 유도를 하는 오빠는 아낌없이 지원을 받지만 자기는 차별을 당해 은아가 속상해한다는 것 등등. 손끝에 전해지는 체온과 함께 은아의 이야기가 머릿속에 흘러들었다.

"아빠가 투포환 그만두라고 할 때마다 너무 속상해. 네로야, 나 명찬 선배한테 차여서 엄청 슬펐거든? 그런데 차인 것보다 이게 더 슬퍼. 한 명쯤은 나한테 잘한다고 해 줬으면 좋겠어."

은아가 내일 학교에서 우울할 이유. 그건 명찬 선배와 헤어져서가 아니었다. 나는 은아를 전혀 몰랐던 거다.

"오늘은 오빠까지 왜 저러는지 몰라. 나를 싫어하니까 내가 데려온 너까지 미워하는 걸까?"

은아는 터덜터덜 걸어서 골목 끝에 있는 작은 공원으로 갔다. 가로등이 꺼진 공원은 어두웠다. 은아는 공원 한쪽에 놓인 철봉 앞에 나를 내려놓고, 껑충 뛰어올라 철봉에 매달렸다.

"나는 반드시! 된다! 아시아의 마녀를 뛰어넘는 투포환 선수가!"

은아가 턱걸이를 하며 주문을 외듯 외쳤다. 조금 전까지 힘없던 목소리에 점점 기운이 차올랐다. 나는 철봉 위아래로 힘차게 움직이는 은아를 바라보았다. 작년에 은아가 시 대회에서 우승했을 때가 떠올랐다. 그때 나는 집에 돌아와 한참을 투덜거렸다. "은아 같은 애들은 어릴 때부터 부모님이 엄청 신경 써 줬겠지. 운동선수들 보면 대부분 그렇잖아. 우리 엄마 아빠는 내가 뭘 잘하는지 관심도 없는데. 역시 이번 생은 망했어!"라고. 나는 진짜, 아무것도 몰랐다.

"은아야, 연습하니? 말을 하라니까. 가로등을 얼른 고쳐야지, 원."

번쩍. 어둡던 철봉 주변이 갑자기 밝아졌다. 누가 가로등의 두꺼비집을 올리고 있었다. 회색 경비원 옷을 입은, 나이 지긋한 여자였다.

"아빠가 뭐라고 했구나? 그나저나 피는 못 속이나 보다. 은아 너희 엄마는 육상 프린세스라고 불렸지. 매일 여기서 연습하곤 했어."

"공주요? 전 황제가 될 거예요."

"그래. 무슨 일 있으면 아줌마한테 꼭 말하고. 어이구, 오늘도 고양이가 친구 해 주고 있었네. 신통한 녀석, 어쩜 매번 이렇게 얌전히 기다리나 몰라."

가로등은 은아의 머리 위에서 한참을 밝게 빛났다.

*

이튿날 아침에 일어나니 은아는 학교에 가고 없었다. 나는 그제야 은아의 방을 찬찬히 둘러봤다. 벽에는 아이돌 그룹의 포스터와 상장이 함께 붙어 있었다.

'은아가 우울해하고 있을 텐데. 학교에 갈 방법이 없을까?'

창가로 뛰어올라 밖을 내다보는데, 갑자기 방문이 벌컥 열렸다. 은아의 오빠, 추리닝 남자가 성큼성큼 들어왔다. 남자의 거친 손이 내 목덜미를 덥석 낚아챘다.

"이렇게까지 하고 싶진 않았는데 말이지."

남자의 번들거리는 눈이 나를 노려봤다. 나는 마구 발버둥을 쳤다.

'이대로 잡혀 있다가는…… 죽는다!'

위험을 알리는 빨간 경보등이 머릿속에서 빙빙 돌았다.

그 순간, 벽에 붙은 브로마이드가 보였다. 저거다. 이번 생은 망했다는 말을 하면 다음 기회로 넘어간다!

"나, 저거 될래! 포스터 속의 아이돌! 망했어. 이번 생은 망했다고!"

야아아아아아옹. 내 외침은 긴 울음소리가 되어 울려 퍼졌다.

그리고 다음 순간, 눈앞이 새까매졌다.

04.

나는 화장실 변기에 앉은 채 눈을 떴다.

"갑자기 아이돌의 삶을 살겠다고 하다니."

참새가 내 어깨 위에서 무릎 위로 폴짝 뛰어내렸다.

"지금까지 어디 있었어? 어⋯⋯? 너 또 조금 커진 것 같다?"

"그럴 리가. 참, 그나저나 이번이 마지막 기회야. 알고 있지?"

알고 있다고 대답하려는데, 화장실 밖에서 누가 문을 쾅쾅 두드렸다.

"한석진, 얼른 나와! 다 너만 기다리고 있잖아!"

한석진. 맞다. 그게 지금 나다. '절대 보이스'의 막내. 열여섯 살. 팀에서 댄스를 맡고 있다. 팀 내 악플 지분율은 무려 50퍼센트. '얼굴 천재. 근데 얼굴이 전부'가 악플의 주된 내용이다. 나는 매니저 뒤를 따라 연습실로 향했다.

'얼굴 잘생겼으면 됐지, 뭐. 슬렁슬렁 연습하고, 예능 프로그램 몇 번 나가면 인기도 많아지고. 무엇보다 은아가 좋아하는 아이돌이잖아. 이거야말로 성공한 삶이지.'

멋진 계획이 떠올랐다. 저녁에 은아를 찾아가는 거다. 한석진이 짠, 하고 나타나서 은아가 가고 싶어 하던 콘서트 티켓을 주면 은아는 분명 기뻐할 거다. 그보다 더 멋진 위로가 있을까?

"한석진! 뭐 하다가 이제 와? 연습 시작!"

연습실에 들어가자마자 트레이너가 짜증을 냈다. 음악이 울려 퍼지고, 몸이 저절로 움직였다. 숨이 가쁘고 팔다리가 떨어져 나갈 것 같았다. 그런데도 춤추는 인형이라도 된 것처럼 몸이 멈추지를 않았다.

"야, 한석진! 스텝 틀렸잖아! 하여간 발전이 없어!"

트레이너의 고함 소리가 쾅, 망치처럼 뒤통수를 내리쳤다. 순간 숨쉬기가 힘들어졌다. 마구 식은땀이 나고, 눈꺼풀이 바들바들 떨렸다. 나는 그대로 주저앉고 말았다.

"쌤, 석진이 또 과호흡 왔어요!"

누가 나를 바닥에 눕혔다. "심호흡해, 심호흡." 멤버들의 목소리가 어지러이 귓가를 울렸다. "형, 석진이 기절했어!" "빨리 의무실로 데려가!" 사람들의 웅성거림이 점점 작아진다 싶을 때, 나는 정신을 잃었다.

*

"당장 이 애한테서 떨어져!"

"왜 방해하는데! 너랑 상관없잖아!"

다투는 소리에 정신이 들었다. 나는 의무실 침대에 누워 있었다.

"우리 주인 친구인데 왜 상관이 없어? 내 몸에 들어왔을 때 저 아이의 마음이 확 느껴졌단 말이야. 그래서 나도 잠시 몸을 내주고 지켜봤지. 고작 악마 후보생 따위가 진짜 내 몸을 빼앗을 수 있을 것 같아?"

의무실 바닥으로 시선을 돌리자, 발톱을 세우고 참새에게 달려드는 고양이가 보였다. 분명 은아네 고양이였다. 참새는 필사적으로 날개를 파닥였지만 날아오르지 못했다. 나는 구르듯 침대에서 뛰쳐나와 참새를 손으로 감싸 안았다. 세이프! 간발의 차이로 참새를 구할 수 있었다.

"애야, 그 악마를 당장 내려놔."

고양이의 발톱이 발 속으로 슬며시 사라졌다.

"그 악마는 네 힘을 빼앗아서 자기 몸을 키우려 하고 있어. 날 믿어. 난 보통 고양이가 아니야. 은아 엄마가 은아를 잘 보살피라고 영혼을 나눠 주고 간 수호 고양이지."

나는 침대 앞에 주저앉아 고양이를 마주 보았다.

"네가 내 몸에 들어왔을 때 은아 오빠가 난폭한 행동을 했지? 그건 저 악마가 은아 오빠인 척한 거야. 네가 이번 생은 망했다는 말을 안 할 것 같으니까 말이야."

"그 말을 세 번 해야 영혼을 빼앗긴다고 했는데……?"

나는 내 손안의 참새를 내려다봤다. 참새 머리가 손 위로 빠끔히 솟아올랐다. 역시 지금까지 내가 잘못 본 게 아니었다. 참새는 확실히 몸집이 커져 있었다.

"말에는 힘이 있어. 부정적인 말을 하면, 악마가 그 말에 담긴 힘을 먹고 몸집을 늘리는 거지. 자, 어서 그 악마를 내게 넘겨라."

고양이가 앞발을 들어 올렸다. 착. 날카로운 발톱이 다시 솟았다. 나는 참새를 쥔 손을 고양이에게 펼치려 했다. 그 순간, 몸을 벌벌 떠는 참새가 아주 또렷하게 느껴졌다. 나는 다시 참새를 감싸 쥐었다.

"……악마도 은혜를 갚는 법이라고 했어. 난 그 말을 믿을래."

"그따위 말은 너무 빤한 거짓말이야!"

"난 참새의 심정을 요만큼은 이해할 수 있거든. 우린 작은 키 동지니까."

그때였다. 내 손바닥에서 펑, 하는 소리가 났다. 깜짝 놀라 손바닥을 폈더니, 머리가 손 위로 솟을 정도로 커졌던 참새가 엄지만큼 작게 줄어 있었다.

"맙소사, 진정한 믿음이라니! 난 악마인데 사람의 믿음을 얻어 버렸어. 게다가 감동까지 했다고! 악마 규칙 위반이야. 이러면 영혼을 빼앗지도 못해!"

참새는 날개로 머리를 감싸고서 마구 몸부림쳤다.

"쌤통이다. 이젠 걱정할 필요 없겠네."

고양이는 킬킬 웃고는 의무실 문틈으로 쏙 빠져나갔다.

"형, 방금 고양이 있었어. 고양이."

문밖에서 소란스러운 말소리가 들려오더니 의무실 문이 열렸다. 나는 잽싸게 침대 위로 올라가 누웠다. 아픈 척하는 건 자신 있었다.

*

"한석진, 정신 들었어? 괜찮아?"

멤버들이 하나둘 침대에 걸터앉아 수다를 떨기 시작했

다. 이번 달에도 정산을 받지 못할 것 같다느니, 다이어트 그만두고 고기 좀 배 터지게 먹고 싶다느니 하는 얘기들이었다.

"석진이 너, 또 약 안 먹었지?"

리더 형이 혀를 차며 내 머리를 쓰다듬었다.

약이라니?

그제야 한석진의 기억이 약의 존재를 밀어 올렸다. 공황 장애 치료제. 한석진은 여섯 달 전부터 공황 장애를 앓았다. 한석진의 하루하루가 그제야 선명해졌다. 연습. 병원. 약. 다시 연습. 스케줄. 무대에 설 때 방해될까 봐 약을 먹지 않았던 일, 밀려오는 공황을 참아야 할 때마다 화장실에 숨었던 일도. 눈을 떴을 때 화장실에 앉아 있었던 이유가 바로 그 때문이었다.

"진짜, 우리 인생은 망했어. 망."

나는 손바닥으로 입을 막았다. 나도 모르게 말이 입 밖으로 튀어 나갔나 싶었는데, 그 말을 한 사람은 다른 멤버였다. 리더 형이 손으로 엑스를 그려 보였다.

"망한다는 말 금지. 형이 그랬지? 말에는 힘이 있다고. 우리 인생은 망할 수가 없어. 좋아하는 일을 하기 위해서 노력하고 있잖아. 그것만으로도 우리 인생은 이미 성공이야."

좋아하는 일을 위해 약 먹는 것도 참을 만큼 노력하는 아이, 한석진. 이 아이의 삶을 "망했다."라고 말할 자격이 내게 있을까? 한밤중에 철봉에 매달리던 은아의 모습이 자꾸만 떠올랐다.

'내가 좋아하고, 지금 하고 싶은 일은 뭘까⋯⋯.'

한찬솔이 왜 주은아를 좋아하게 됐는지 은아에게 말하고 싶었다. 한찬솔인 채로.

"나, 그냥 나로 돌아갈래."

"왜? 은아한테 콘서트 티켓 주겠다더니? 이제 더는 기회도 없어."

"됐어. 난 그냥 나로 살래."

나는 눈을 감았다.

"어차피 이젠 영혼도 빼앗지 못하니 난 상관없지만, 진짜 후회 안 하지?"

하나, 둘, 셋!

카운트가 끝났다.

05.

다시 내 방이었다. 한찬솔로 돌아온 걸 확인하자마자 나는 집을 뛰쳐나갔다. 미친 듯 뛰다 보니 꽃집이 눈에 들어왔다. 장미 한 송이에 2500원이었다. 주머니에 있는 돈을 탈탈 털어서 한 송이를 샀다. 은아네 집이 있는 골목에 도착했다. 명찬 선배와 헤어지고 집으로 들어가려는 은아의 뒷모습이 보였다.

"주은아!"

내가 외쳤다. 그러자 은아가 뒤돌아봤다. 나는 장미꽃을 내밀었다.

"이게 뭐야?"

"……시 대회 우승 축하한다고. 그때 진짜 멋있었어."

"올해 시합 아직 안 했는데?"

"작년에 봤는데…… 그때 말을 못 해서."

장미꽃을 든 손이 덜덜 떨렸다. 한마디만 더 하면 되는데, 그 한마디가 나오지를 않았다. 떨고 있는 내가 한심해서 고개를 들 수가 없었다. 내 운동화 끝만 내려다봤다.

"고마워."

떨림이 멈췄다. 은아가 꽃을 받았다.

"내일 학교에서 보자, 한찬솔."

고개를 번쩍 들었다. 은아가 꽃을 바라보며 웃는 모습이 문틈으로 보였다. 입이 헤벌어졌다. 문이 완전히 닫힌 후에도 나는 한참을 그 자리에 서 있었다.

은아가 내 이름을 알고 있었다.

"이번 생은 진짜……."

"망했다고? 나 원래만큼이라도 커지게 좀 해 주라."

"아니, 망할 일은 없을 것 같다고."

누구를 좋아하는 마음이 이렇게나 흘러넘치는 나, 한찬솔의 인생은 앞으로도 망하지 않을 거다. 내 어깨 위에서 참새가 중얼거렸다.

"망했어. 내가 망했다고, 내가."

「악마를 주웠는데 말이야」의 키워드는 '이·생·망'이었습니다. "이번 생은 망했어."라는 말을 줄인 거지요. 매우 자조적인 문장입니다. '이 일'도 아니고 '이번 생'이 망한 거니까요. 좀 더 나은 생을 살려면 다시 태어나는 것 말고는 방법이 없다는 한탄. 알고 있습니다. 그렇게 말한 어느 누구도 자신의 생을 함부로 살지 않는다는 것도요.

그러니까 '이·생·망'의 정서는 그것입니다. 단순한 투덜거림이 아니라, 노력 후에 오는 좌절. 도전해도 안 되는 현실에서 오는 박탈감. 이 얘기를 바꾸어 말하면 '이·생·망'에 공감하는 사람들은 도전하고 실패해 본 사람들일 확률이 높다는 것입니다. '이번 생'을 부정하지만 '이번 생'을 살 수밖에 없음을 알기에, 망했다고 중얼거리면서도 노력하는 사람들. 어찌 보면 이 말은 해학의 정서가 담긴 투정일지도 모르겠습니다.

그렇지만 이왕이면 부정보다는 긍정의 해학이 담긴 말이 많아졌으면 좋겠습니다. 말에는 고유의 파장이 있다고 하거든요. 말을 할 때의 감정과 힘이, 그 말을 하는 사람에게 그대로 전해진다는 거지요. 다른 사람들이 내던진 말에 툭툭 얻어맞는 것도 아픈데, 셀프 구박까지 할 필요는 없잖아요. 게다가 파장은 퍼지게 마련입니다. 긍정적인 파장이 옆에 앉은 누군가에게까지 전해진다면, 꽤 괜찮은 일입니다.

소설 속 찬솔이가 깨달았듯이, 망한 생은 없습니다. 지금 그 자리에서 버티고 있는 것만으로도 당신은 꽤 잘하고 있다는 말을, 그렇게 쌓은 하루하루가 모여서 이루어진 이번 생은 이미 꽤 훌륭하다는 말을 전합니다.

악의와
악의

나윤아

2010년 제3회 생명문예공모전에서 단편 「박하사탕을 삼키다」가 당선되었고, 같은 해 청소년 디지털작가공모전에서 단편 「아가씨의 올리브」가 당선되며 작품 활동을 시작했다.
지은 책으로는 『홀릭』 『미인의 법칙』 『안녕, 나나』 『공사장의 피아니스트』, 함께 지은 책으로는 『세븐 블라인드』 등이 있다.

나는 김태강을 알고 있었다. 우리 학교 근처 중학교에 다니는 아이였는데, 학원에서 가끔 마주치곤 했다. 나는 A반, 그 애는 B반이었고, 오다가다 마주치면 서로 머쓱해하며 지나치는 사이였다.

　　김태강은 무던하고 평범했다. 또래 애들보다 키가 조금 더 컸지만 월등하게 큰 편은 아니었다. 외모도 스타일도 특별히 기억에 남지 않았다. 굳이 인상 깊은 점을 하나 꼽자면, 친구들과 장난칠 때의 얼굴 정도일까. 시원하게 올라가는 입꼬리와 가지런한 치열, 깊게 파이는 보조개가 시선을 사로잡았다. 참 맑은 웃음이었다.

　　'그렇게 웃는 애가 그런 동영상을……?'

그래서 그날 아침, 김태강이 나왔다는 동영상 이야기를 들었을 때 내 귀가 잘못된 줄 알았다. 아니면 신나게 떠들어 대는 정효민의 머리가 잘못되었든지.

"손가락 점 위치가 똑같았대."

정효민은 범죄 소설의 마지막 반전을 공개하듯 비밀스럽게 속삭였다. 김태강의 손가락에 점이 있다는 건 처음 알았다. 나도 모르게 손가락을 매만졌다. 정효민은 먹이를 노리던 표범처럼 책상 위에 올린 내 손을 덥석 붙잡았다. 반사적으로 손을 확 당겼지만, 정효민은 더욱 힘을 주어 내 손을 잡았다. 그러고는 검은 볼펜으로 내 집게손가락 두 번째 마디 위쪽에 점 두 개를 콕콕 찍었다.

"영상에 나온 애랑 김태강의 손가락 점이 위치도 모양도 개수도 똑같대. 그러니까 자위 영상의 주인공은 김태강일 확률이 아주 높지."

자위 영상이라는 적나라한 말에 오스스 소름이 돋았다. 나도 모르게 질색하는 표정을 지었는지, 같이 이야기를 듣던 최안나가 나를 보며 깔깔 웃었다. 너무 대놓고 혐오하는 거 아니냐는 핀잔에도 이렇다 할 대꾸를 하지 못했다. 그러거나 말거나 정효민은 자극적인 이슈를 이리저리 굽고 뒤집고 끓이면서 이야기를 이어 갔다.

정효민이 다른 학교 학생의 은밀한 동영상 이야기를 이

렇게 자세히 알고 있는 건, 정효민의 이란성 쌍둥이 오빠 정하민이 바로 그 학교에 다니기 때문이다. 그것도 김태강과 같은 반인 모양이었다. 어쨌든 아침 조회 직전까지 정효민에게 들은 이야기를 정리해 보면, ○○중학교 김태강 자위 동영상 사건의 개요는 이랬다.

지금부터 2주 전쯤, ○○중 3학년 3반에 불쾌한 동영상이 퍼지기 시작했다. 월요일인지 화요일인지, 둘 중 어느 날 밤 10시 정도, 같은 반 아이 몇 명에게 정체불명의 영상이 전달되었다. 카카오톡 메시지로 온 영상은 웬 남자애가 윗도리를 벗고 바지를 엉거주춤 내린 채로 자위를 하는 30초짜리 영상이었다. 영상에 얼굴은 나오지 않았지만 딱 보아도 소년의 몸이었고, 주인공이 누군지를 알리는 메시지가 뒤이어 도착했다.

> ○○중학교 3학년 3반 김태강 자위 영상.

꼭 상품을 소개하는 듯한 문장이었다.

영상은 순식간에 반 아이들에게 퍼졌다. 당사자 귀에도 이야기가 들어갔다. 김태강은 자기가 아니라고 강하게 부인했다. 다들 찝찝한 구석은 있었지만 진짜로 같은 반 친구의 영상일 거라고는 생각하지 않았다. 누군가의 악질적인 장난이려니, 어디서 원한을 사도 단단히 샀나 보다 하면서 넘기려 했다.

그러나 자극적이고 미심쩍은 영상이 다른 반으로 퍼지는 데는 채 사흘도 걸리지 않았다. 본 사람이 많은 만큼 의심도 더 크게 피어올랐다. 그러던 중에 누가 흐릿한 화질 속에서 손가락의 점을 발견했다. 김태강은 본격적으로 도마 위에 올랐다. 이전에는 수조 안의 생선이었다면, 점이야기가 나온 뒤로는 도마 위에 오른 횟감이 되었다. 수십 개의 혀가 김태강을 썰었다.

'그럴 만하지.'

어떻게 동영상이 퍼졌는지는 중요하지 않았다. 일단 자위 영상을 찍었다는 게 사실이었고, 그 사실만으로도 비정상과 비상식의 선상에 오른 셈이었다. 상상하기 싫어도 어쩔 수 없이 영상이 떠올랐다. 상상과 함께 반사적으로 불쾌감이 솟구쳤다. 맑게 웃던 그 애의 얼굴이 순식간에 변태의 껍데기로 느껴졌다.

'걔는 도대체 뭐 하느라 그런 영상을 찍었대? 그리고 그게 왜 유포된 거야?'

정효민은 영상을 찍게 된 경위나 퍼뜨린 이유 같은 것은 알려 주지 않았다. 아마 정효민도, 쌍둥이 오빠 정하민도 모르기 때문일 것이다. 원래 그런 소문은 자극적인 내

용만 쏙쏙 골라서 퍼지는 법이니까. 누구도 그런 일이 왜 벌어졌는지 궁금해하지 않았다. 아이들 입에 오르내리는 것은 동영상의 내용이나 당사자에 대한 품평 정도였다. 만약 당사자가 여학생이었다면 더욱 외설적이고 자극적인 소문이 돌았을지 모른다. 어디서 그 영상을 구할 수 있는지, 얼굴이 예쁜지, 날씬한지 통통한지, 그 애의 실제 사생활이 어떤지 등등 온갖 것을 궁금해했을 것이다.

'기분 나빠.'

생각만으로도 오물을 뒤집어쓴 기분이었다.

아이들은 쉬는 시간에도 김태강의 이야기를 계속 곱씹었다. 정효민 때문에 다들 알게 됐는지 아니면 애초에 정효민 말고도 이미 많이들 알고 있었는지는 모르겠지만, 대부분 그 이야기를 했다.

"완전 더럽지 않냐? 변태 새끼들 존나 많아, 진짜."

"불쌍하긴 한데 자업자득이지 뭐. 그런 영상을 스스로 찍은 건 사실이잖아. 그런 걸 왜 찍지?"

물음표가 찍힌 문장이었지만 책망하는 듯한 말투였다.

"걔 어떻게 생겼는데? 그런 짓 하게 생겼어?"

"그런 짓 하게 생긴 건 뭔데? 아, 최안나 진짜 웃겨!"

아이들의 이야기를 듣다 보니 자연스럽게 김태강의 얼굴이 떠올랐다. 맑게 웃던 평범한 소년의 얼굴.

"맞다, 김은정! 너 개랑 같은 학원 아니야?"

최안나의 말에 애들이 모두 호기심 가득한 눈빛으로 나를 쳐다봤다.

"어……, 반이 달라서 자주 보지는 못했는데, 얼굴은 알아. 그냥 평범해. 오히려 단정한 인상이야."

"맞아. 정하민이 사진 보여 줘서 나도 봤는데, 괜찮던데?"

내 말에 정효민이 이어서 대답하자 애들은 의외라는 듯이 어깨를 들썩였다.

"진짜? 영상도 구할 수 있어?"

한 아이가 실실대며 말하자 애들이 깔깔거렸다. "얘도 변태 새끼야."라고 농담하듯이 지껄이는 말도 들렸다. 나도 같이 웃었다.

폭소가 가라앉을 즈음, 최안나가 또 불쑥 끼어들었다.

"은정이 학원 가면 걔 보겠네? 야, 사진 찍어 와라."

"아마 안 될걸?"

정효민이 나 대신 대답했다.

"걔 지금 학교도 일주일째 안 나온대. 그럼 학원도 안 가지 않겠어?"

말이 끝나기 무섭게 최안나는 실망한 표정을 지었다. 그 순간, 마음에 뭔가 불편한 감각이 꿈틀거렸다. 내가 멈칫

하는 사이, 애들은 김태강 사건에서 가지를 뻗어 다른 이
야기를 시작했다. 아는 언니가 남자 친구의 강요로 가슴
사진을 찍어서 보내 줬다가 그 사진이 유포되는 바람에
곤욕을 치렀다는 얘기였다.

"찍어 달라고 한 새끼, 유포한 새끼가 나쁘지. 근데 그
런 걸 왜 찍었대?"

한 아이의 말에 다들 고개를 끄덕였다. 나도 의미 없는
한두 마디를 얹었다.

그때까지만 해도 모든 것이 남의 일이었다. 그저 무료
한 일상에 잠시 끼어든 가십에 불과했다. 그 일을 두고 왈
가왈부하는 우리의 마음 역시 가벼웠다. 약간의 동정심과
비난, 흥미가 뒤섞인 정도였다.

그날 학원에서 나는 의도적으로 B반 앞을 지나갔다. 태
연한 얼굴을 했지만, B반에 가까워질수록 심장이 뛰었다.
김태강은 보이지 않았다. 일주일째 학교를 안 나온다던 정
효민의 얘기가 떠올랐다. 갑자기 찬물을 뒤집어쓴 듯한 기
분이 들었다. 우리 반으로 돌아오는 길에는 왠지 부끄럽기
까지 했다.

'나 원 참, 그 애 얼굴을 봐서 뭘 하겠다고.'

대체 뭐가 그렇게 궁금했을까. 뭘 기대하고 그 애를 보
러 갔을까.

'나도 웃긴다, 진짜.'

화끈한 귀를 괜히 여러 번 문질렀다. 김태강 사건을 잊어야겠다는 생각이 들었다.

계속해서 소문이 들리고 호기심이 일어도 관심을 두지 않기로 마음먹었다. 그게 옳다는 느낌이 있었다.

어차피 시간이 지나면 소문은 사그라들 것이다.

*

내 머릿속에서 김태강은 자연스럽게 잊혀 갔다. 얼핏 그 애가 유학을 준비하고 있다는 이야기가 들렸을 때도 '결국은 그렇게 됐구나.' 하는 가벼운 감상만 스쳤다. 순간 그 애의 보조개가 생각났다가 사라졌다. 그 순간은 조금 안타까웠다. 그러나 어차피 나와는 상관없는 일이었다. 나의 일상은 평안했고, 그건 어디까지나 타인의 일상에서 벌어진 사건이었다. 그러니까 나는, 일상이 얼마나 깨지기 쉬운지 전혀 몰랐던 것이다.

어느 날 불쑥 도착한 낯선 메시지는 그런 나의 일상을 완전히 뒤흔들었다.

1일 차

그때 나는 학원에 있었다. 수업은 지루했고, 나는 수업 내용과 상관없는 공상에 빠져 있었다. 인기가 많은 우리 반 남자애와 썸을 타는 공상이었던 것 같다. 손을 잡았던가, 아니면 그 애가 슬쩍 내 어깨를 감쌌던가. 아무튼 결정적인 장면을 떠올릴 때 핸드폰 진동이 울렸다. 페이스북 메시지 알림이었다. 그런데 보낸 사람의 이름이 생소했다. '박건형'. 어렴풋이 초등학교 동창 중에 이런 이름이 있었던 것 같다는 생각이 들었다. 별생각 없이 알림을 누르고 메시지 창에 들어갔다. 사진이 와 있었다.

"어……?"

처음에는 잘못 본 줄 알았다. 이게 어떤 사진인지 단번에 파악되지 않아서 사진을 크게 확대했다.

"어어어……?"

나도 모르게 소리가 나왔다. 옆에 앉은 아이가 왜 그러냐는 듯이 나를 흘겨봤다. 반사적으로 핸드폰 화면을 가렸다. 심장이 목구멍으로 튀어나올 것 같았다. 벼락을 맞은 것처럼 정신이 번쩍 들었다.

나는 후다닥 화장실로 달려갔다. 문을 잠그고, 천천히 핸드폰을 들어 사진을 확인했다. 억 소리가 절로 나왔다.

실오라기 하나 걸치지 않은 여자의 사진이었다. 태어나서 처음 보는 외설적인 자세를 하고 있었다. 적나라한 나체 사진을 본 것도 충격이었지만, 사진 속 여자가 나로 보인다는 게 더 충격이었다.

"뭐야, 이거……?"

내가 미친 걸까? 하지만 눈을 비비고 다시 봐도 사진 속 여자는 바로 나였다. 쌍꺼풀 없는 눈에 살짝 내려간 눈꼬리, 뺨 중간에 박힌 점, 둥그스름한 턱……. 아무리 봐도 나였다. 누가 봐도 "김은정이네?"라고 할 법했다. 손이 덜덜 떨렸다.

'난 이런 사진을 찍은 적이 없는데…….'

예전에 다이어트할 때 몸매를 확인하려고 속옷만 입고 사진을 찍은 적은 있었다. 그렇지만 그건 전부 비밀 폴더에 모아 놨고, 이렇게 완전히 헐벗은 사진은 찍으려는 시도조차 한 적이 없었다. SNS에 공개한 사진도 그냥 평범한 셀카뿐이었다.

> 누구신데요? 이 사진은 뭔데요?

메시지를 보내자 곧 답장이 왔다.

> △△중학교 3학년 6반 김은정.
> 왜 모르는 척하냐?

이제는 등에서 진땀이 흘렀다. 속이 울렁거렸다. 나를 알고 있는 사람일까?

> 누구세요? 이 사진 뭐예요?

> 네가 직접 찍어서 보내 준 사진이잖아.
> 왜 모른 척해?ㅋㅋㅋ

영문을 알 수 없는 말에 이어서 다른 사진이 도착했다. 메신저 대화 창을 캡처한 사진이었다. 치솟는 불길함을 억누르고 사진을 열었다. 다시 한 번 머리가 아찔해졌다. 캡처한 사진에서는 다른 누구도 아닌 바로 내가 음란한 채팅을 하고 있었다. 채팅 대화에서 남자가 야한 사진을 찍어 보내 달라고 하자, 내가 기다려 보라고 하고는 사진을 찍어 보낸 내용이었다. 다리가 후들거려서 제대로 서 있을 수가 없었다.

나는 일단 변기 위에 앉아 주먹으로 머리를 쿵쿵 쳤다. 분명히 있었던 일을 기억하지 못하는 걸까? 내가 진짜로

저런 대화를 한 적이 있나? 몽유병이나 정신병 아닐까? 떠오를 리 없는 기억을 헤집고 있는데, 핸드폰이 다시 울렸다. 낯선 번호로 전화가 오고 있었다.

"여보세요……?"

내 목소리는 내가 듣기에도 조급함과 두려움에 가득 차 있었다. 하하 웃는 남자의 웃음소리는 아는 목소리 같기도 하고 전혀 모르는 목소리 같기도 했다. 곧이어 욕설이 귀에 꽂혔다. 내 정신을 몽땅 빼 놓으려고 작정한 거라면 성공이었다. 나는 반쯤 정신이 나간 채로 남자의 말을 들었다. 아니, 들었다기보다는 거의 흘려보냈다. 대충 조각조각 짜 맞춰 보면, 이런 내용이었다.

지난주에 나는 이 낯선 남자와 채팅 앱에서 만나 야한 얘기를 주고받았고, 내가 남자에게 사진까지 보내 주고 나서 갑자기 잠수를 탔다는 거였다. 물론 난 그런 적이 없었다. 남들 다 하는 SNS 말고는 채팅 앱을 깐 적도 없었다. 더듬더듬 그런 적이 없다고 부인했지만, 남자는 더욱 거칠게 욕설을 퍼부으며 그럼 캡처는 뭐냐고 윽박질렀다.

"그건 저도 모르죠!"

나도 모르게 소리를 질렀다. 내가 울먹이자 남자는 그제야 성난 목소리를 조금 누그러뜨리면서 달래듯이 말했다.

"사진이랑 채팅 캡처가 퍼지는 게 싫으면, 내가 보내는 계좌로 50만 원 입금해."

대화가 이상한 방향으로 흐른다는 사실을 깨닫기도 전에 남자는 몰아치듯이 말을 퍼부었다.

"돈 안 보내면 네가 나한테 보낸 저 사진을 너희 학교 페이스북 계정에 먼저 올리고, 트위터에도 올릴 거야. 너희 반 애들한테 메시지로 전송할 수도 있어. 그러면 네 인생이 어떻게 될까? △△중학교 3학년 6반 김은정이 걸레로 소문나는 건 한순간이야."

말을 듣자마자 머리가 새하얘졌다. 그러다 불현듯 뭔가가 떠올랐다. 나는 야한 채팅을 한 적도, 홀딱 벗고 사진을 찍은 적도 없다. 어쩌면 채팅 캡처도, 외설적인 사진도 전부 합성일지 모른다.

"저거 하, 합성이잖아요."

상대는 잠깐 아무 말이 없었다. 비로소 약간 숨통이 열렸다 싶은 순간, 남자가 크게 웃음을 터뜨렸다.

"무슨 소리야? 은정아, 네가 그렇게 우기고 싶은 거겠지."

"아니, 그게 무슨……."

"은정아, 만약에 합성이라고 해도 누가 네 말을 믿겠어. 너라면 믿겠니? 소문은 항상 진실보다 빠르게 퍼져. 자극적일수록 더하지. 네 사진처럼 말이야."

남자는 또 웃었다. 정말 재밌다는 듯한 웃음이었다. 구역질이 났다. 나는 이토록 끔찍한 악의를 경험해 본 적이 없었다.

그 뒤로 남자가 무슨 말을 했는지, 내가 뭐라고 대꾸했는지 기억이 나지 않는다. 정신을 차렸을 때는 이미 전화가 끊어진 뒤였고, 나는 학원 화장실 변기 위에 멍하니 앉아 있었다. 핸드폰에 계속 메시지 알림이 떴다. 경찰에 신고하는 순간, 사진이 신상 정보와 함께 SNS 곳곳에 퍼질거라는 협박과 자기가 잡힐 일은 없다는 뻔뻔함, 신고하면 나는 앞으로 돌이킬 수 없는 인생을 살게 되리라는 저주 같은 내용이었다.

> 네가 직접 찍어서 보낸 사진이잖아.
> 사람들은 내가 아니라 너를 욕할걸?

남자는 거짓말을 메시지로 보내서 기록으로 남겼다. 온통 나를 옭아맬 악의로 가득 차 있었다.

2일 차

남자는 오후 4시까지 50만 원을 입금하라는 메시지를 보냈다. 계좌 번호와 함께 대포 통장이라서 잡힐 일이 없다는 엄포까지 적혀 있었다. 나는 그 메시지를 확인하고, 또 확인했다. 몇 번을 다시 읽어도 내용은 같았다.

차라리 50만 원을 줘 버리는 게 속 편하지 않을까. 밤새워 고민하다 보니 이제는 그런 생각이 들었다.

소문은 진실보다 빠르게 퍼진다던 남자의 말은 상상만으로도 너무나 두려웠다. 남의 일을 쉽게 이야기하는 사람들의 혀와 말들이 휘젓고 지나간 자리에는 늘 난도질을 당한 누군가가 남아 있었다. 그래도 그러지 말았어야지. 바보 같아. 나라면 절대 안 그랬을 거야. 평소에 뭘 보고 다니길래. 뭘 하고 다니길래. 아이들이 수군거리는 소리가 벌써 귓가에 들리는 것만 같았다.

마침 나에게는 모아 둔 돈이 50만 원 좀 넘게 있었다.

'이 돈만 보내면 아무 일도 없던 것처럼 일상으로 돌아갈 수 있어.'

얼른 모든 일을 해결하고 싶은 마음이 앞섰다. 물론 나는 그런 채팅을 한 적도, 사진을 찍어 보낸 적도 없지만, 아무 잘못도 없다는 내 말에 사람들이 귀 기울일지 알 수 없었다. 경찰에 신고하고 사진이 유포되지는 않을까 두려움에 떨며 사는 것보다는, 50만 원을 줘 버리고 두 발 뻗고 자는 편이 나았다. 남자는 돈만 보내면 사진을 깔끔하게 삭제하고 다시는 연락하지 않을 거라고 했다. 짐짓 자애로운 척하는 모습이 역겨웠지만, 한편으로는 그 말이 친절하게 느껴지기까지 했다. 우스운 일이었다.

'그래. 대단한 돈을 요구하는 것도 아니잖아. 돈만 보내면 별일 없이 끝날 거야.'

어쩌면 그래야만 한다고 스스로 외는 주문이었을지도 모른다.

문득 어느 범죄 고발 프로그램에서 봤던 이야기가 떠오른다. 머리가 희끗희끗한 박사님이 참담한 표정으로 이런 말을 했다.

"사람은 위기의 순간에 놓이면 비합리적인 사고를 하면서, 그게 합리적이라고 잘못 판단하기도 합니다. 예를 들어 불이 난 고층 건물에서 차라리 뛰어내리는 게 낫다, 그러면 다리만 부러지고 목숨은 건질지도 모른다, 이렇게 생각하고 높은 층에서 뛰어내리는 것처럼요."

물론 혼돈 상태였던 그 당시에는 이 말이 떠오르지 않았다. 만일 떠올렸다고 해도, 난 내가 정상적인 사고를 하고 있다고 믿었을 것이다.

3일 차

"김은정. 너 어디 아프냐?"

정효민이 조심스럽게 물었다. 거기에 최안나가 "어제부터 안색이 똥 마려운 강아지 같아."라는 말을 덧붙였다. 다른 사람을 걱정할 여유가 있는 둘이 부러워서 눈물이 날 지경이었다.

전날에 나는 학교가 끝나자마자 은행으로 달려가서 계좌로 돈을 부쳤다. 송금 메시지도 남겼다. 남자에게서는 달리 소식이 없었다. 온종일 모든 정신이 핸드폰으로 쏠렸다. 답장을 기다리며 손톱을 닳도록 물어뜯었다. 검지의 살이 뜯겨서 피가 난 뒤에는 다른 손톱을 물어뜯었다. 통증보다 불안이 강했다. 그러나 밤늦게까지 기다려도 답은 오지 않았다. 나는 아침에 교복을 입으며 무소식이 희소식이라는 말을 되뇌었다.

'먹고 떨어진 거야. 달라는 대로 줬으니까 만족하고 물러났겠지. 어차피 합성 사진이니까.'

조금 위로가 되는 것도 같았다. 그러나 학교에 가까워지자 내 합성 사진이 이미 퍼지지 않았을까 하는 의심이 솟구쳤다. 김태강의 영상이 그랬던 것처럼 말이다.

"배 아파? 얘 진짜 똥 마려운 거 아니야?"

정효민이 씩 웃었다. 틴트가 스민 입술이 벌어지면서 마른 표면이 갈라졌다. 앞니에 다홍빛 틴트가 살짝 묻어 있었다. 그 모습에 혐오감이 들었다. 거친 입술이나 이에 묻은 틴트 때문은 아니었다. 김태강의 이야기를 실어 나르던 정효민의 모습이 겹쳐 보였다. 그래, 그것 때문이었다. 김태강을 도마 위에 올려서 며칠 동안 갖은 말로 난도질하던 행동에 악의가 없을 수는 없었다.

'근데 나도 그랬지.'

김태강 처지에서는 내 행동도 충분히 비수를 꽂는다고 느낄 수 있을 것이다. 때로는 무지하고 무감한 행동도 악의가 될 수 있다.

"생리통이 심해서……."

내가 웅얼거리면서 몸을 웅크리자 정효민이 가볍게 어깨를 때렸다.

"뭐야, 그럼 양호실에 가."

그 순간 책상 서랍에서 핸드폰 진동이 울렸다. 온 힘을 다해 핸드폰을 그러쥐었다. "그래, 양호실에 가야겠어." 하고 교실을 나왔다. 허겁지겁 화장실을 향해 가다가, 내 모습이 뭔가에 쫓기는 사람 같다는 생각이 들었다. 나를 보고 누가 수상하다고 여길지도 몰랐다. 애써 느긋하게 걸음을 옮겼다.

화장실 문을 걸어 잠그고 조심스럽게 메시지를 확인했다. 하도 봐서 외워 버린 끔찍한 번호로 도착한 메시지였다.

> 돈 잘 받았어, 은정아.

확인하자마자 다음 메시지가 도착했다.

> 그런데 은정아, 이거 어쩌냐. 문제가 좀 생겼네.
> 사실 나 혼자가 아니거든.

두피가 바짝 당겼다. 아, 하고 나도 모르게 절망적인 소리가 나왔다.

> 내 위에 실장님이 또 계셔.
> 나만 챙기면 실장님이 섭섭하지.
> 사람 섭섭하게 하면 안 된다?

> 딱 50만 더 보내. 100만 원 채우자.
> 그러면 진짜 끝이야.

입을 악다물었다. 핸드폰을 벽에 내리치려다 간신히 참

왔다. 손이 떨렸다. 분노 때문인지 두려움 때문인지는 알 수 없었다.

'잘 생각하자, 김은정. 이게 지금 무슨 일인지, 어떻게 하는 것이 현명한지 생각부터 해. 제발.'

그러나 남자는 그새를 못 참고 새로운 사진을 보냈다. 내 또래로 보이는 누군가의 나체 사진이었다. 합성은 기가 막히게 자연스러웠다. 내 것이 아닌 몸은 성숙과 미성숙의 중간쯤에 머물러 있었고, 그래서 더욱 나로 보였다.

나는 112 버튼을 눌렀다. 경찰에 전화하면 해결할 수 있을까. 그럼 경찰도 저 사진을 볼까. 정말 네가 찍은 게 아니냐고 추궁하려나. 학교에도 전화가 갈까. 부모님한테도 연락하겠지. 그럼 엄마 아빠가 저 사진을 보겠구나. 내가 아니지만 너무나도 나인 것 같은 저 사진을. 손가락은 액정 위를 한참 배회했다.

막 통화 버튼을 누르려는 순간에 전화가 왔다. 그 남자였다.

"여, 여보세요."

"은정아."

저번에는 나에게 욕을 퍼붓더니, 이번에는 다정한 목소리였다.

"네가 결정을 못 내리는 것 같아서 좀 도와주려고."

"네?"

"페이스북에서 너희 학교 애들 계정 찾는 게 얼마나 쉬운지 알아? 사실 벌써 다 찾아 놨어. 지금 접속한 애들도 있네."

"그, 그래서요? 어차피 합성이잖아요. 계속 협박하면 경찰에 신고할 거예요. 지금 이 통화도 녹음하고 있어요."

"아, 녹음 중이야? 그래서 네가 직접 찍어 보낸 사진을 합성이라고 우기는구나. 이거 정말 억울한데? 같이 놀았으면서 깨끗한 척 거짓말을 하네."

남자는 시종일관 여유로웠다. 나는 다시 손톱을 물어뜯었다. 이가 딱딱 부딪치는 소리가 남자에게 들릴 정도로 크게 났다.

"은정아, 지금 쉬는 시간이지? 다음 수업이 끝날 즈음이면 결정을 내릴 수 있을 거야."

전화가 끊겼다. 좁은 화장실 안에서 한동안 멍하니 서 있었다. 곧 핸드폰 화면이 어두워졌다. 덫에 걸린 기분이었다.

남자가 마지막으로 한 말이 무슨 의미인지는 쉬는 시간에 알 수 있었다. 남자애들이 동그랗게 모인 책상에서 와! 하는 탄성이 터졌다. 아이들의 시선이 그곳으로 향했다.

"뭐야, 쟤네 게임하나?"

"축구 경기 보는 거 아니야?"

최안나와 정효민이 대수롭지 않게 말을 주고받았다. 그러나 그럴 때 나오는 탄성과는 조금 다른 느낌이었다. 옹기종기 모인 아이들이 큰 소리로 이야기를 시작했다.

"와, 존나 야하네. 이런 사진은 어디서 받는 거냐?"

"뭐래. 내가 구한 거 아니야. 스팸 메시지야, 병신아."

오고 가는 말이 귀에 들어오는 순간, 목이 뻣뻣하게 굳었다. 벌떡 일어나서 그 틈을 헤집고 들어가고 싶은 충동이 머리끝까지 치솟았다.

"모자이크 때문에 얼굴이 안 보여도 우리 또래 같지 않냐?"

확대해 봐라, 나도 보내 줘라 등등 온갖 말들이 오갔다. 나는 다시 책상 위에 엎드렸다. 마치 내 알몸이 공개된 것만 같은 수치심이 들었다. 만약 모자이크를 없앤 사진을 애들이 본다면, 나는 어떻게 될까. 적나라한 나체에 자연스럽게 붙어 있는 내 얼굴을 보면 애들은 무슨 생각을 할까.

"쟤들 야한 스팸 문자 받았나 봐."

"그걸 감상하고 앉아 있어? 존나 변태 새끼들."

정효민과 최안나가 인상을 찌푸렸다. 그러고는 일상의 이야기로 돌아갔다. 짐승 같은 대화에 대한 혐오나 지적은 깃털보다 가벼웠다. 김태강 때와 마찬가지로.

문득 마음속에서 작은 속삭임이 들렸다.

'100만 원 채우면 정말 끝날지도 몰라.'

4일 차

시간이 필요했다. 어떻게든 50만 원을 더 구해서 송금할 테니, 토요일까지 딱 이틀만 기다려 달라고 했다. 남자는 한 번만 사정을 봐주겠다고 하면서 한마디 덧붙였다.

"돈을 정 못 구하겠으면 다른 방법이 있으니까 너무 무리하지는 말고."

물론 다른 방법이 무엇인지는 궁금하지도 않았다.

몸은 학원에 있었지만, 머리는 온통 돈을 구할 방법을 짜내고 있었다. 마음먹고 공부 좀 해 보려 한다는 말로 엄마에게 돈을 받을 수 있을 것 같았다. 친구들한테 조금씩 돈을 빌리고, 내 물건 중에 괜찮은 걸 팔면…….

'그래도 50만 원은 못 만들 텐데.'

목이 타는 듯했다. 텀블러를 챙겨 들고 강의실을 나왔다. 쉬는 시간이라 복도가 시끌시끌했다. 시끄러운 세상 속에서 나만 버려진 섬 같았다. 한적한 곳을 찾아 복도를 걷다가 어느새 B반 앞까지 왔다. 그러고 보니 김태강은 어떻게 됐더라. 유학 간다는 소문이 돌았는데······. 나는 무심코 B반을 들여다봤다.

'어?'

놀랍게도 정중앙에 김태강이 앉아 있었다.

'쟤가 왜······?'

나는 그 자리에 그대로 굳었다. 김태강은 의외로 괜찮아 보였다. 주변에 친구들이 두세 명 모여 있었고, 웃으며 장난까지 치고 있었다. 전처럼 마냥 밝은 웃음은 아니었지만, 잔잔한 미소가 입가에 머물렀다.

'어떻게 웃을 수가 있지?'

유난히 인상 깊었던 저 보조개를 다시 보게 되다니. 거짓말 같았다. 나는 홀린 듯이 B반 안으로 걸어 들어갔다. 그리고 김태강에게 다가가 그 애를 빤히 내려다보았다. 김태강이 경계하는 눈빛으로 나를 올려다봤다.

가까이에서 보면 이런 얼굴이었구나. 정말로 평범하고 단정한 얼굴이었다. 그렇게 천천히 훑어보다가 책상 위에 올라온 김태강의 손에 시선이 닿았다. 소문의 점이 뚜렷하게 보였다. 김태강이 내 시선을 알아채고는 손가락을 감추었다. 그 애의 얼굴에 당혹감이 스쳤다.

"네가 어떻게 여기에 있어?"

144

나는 다짜고짜 물었다. 답을 구하려고 한 질문이 아니라 나도 모르게 흘러나온 말이었다. 김태강의 눈가가 떨렸다.

"어떻게 웃을 수 있지? 나는……."

갑자기 내 눈에서 후드득 눈물이 떨어졌다. 김태강이 엉거주춤 몸을 일으켰다. 나를 바라보던 김태강은 어쩔 줄 몰라 하다가 한숨을 푹 내쉬었다.

"이제는 웬 여자애를 울렸다는 소문이 나겠네. 잠깐 나와 봐."

김태강이 내 팔목을 잡아끌었다.

우리는 학원 2층 구석의 강사 휴게실로 갔다. 오래되어 낡고 지저분해서 선생님들이 흡연 구역으로 쓰는 곳이었다. 마침 수업이 시작돼서 휴게실 안에는 아무도 없었다. 김태강은 나를 앉히고 물을 떠다 주었다.

"너, 대체 뭔데?"

김태강의 목소리는 날카로웠고 조금 사납기까지 했다. 나는 물을 마신 뒤, 흐물흐물해진 종이컵만 매만졌다. 김태강은 내가 입을 열 때까지 기다렸다. 내가 한참을 잠자코 있자 결국 그 애가 먼저 입을 뗐다.

"아까 내 손가락 봤지? 그게 궁금해서 온 거야?"

"아니야!"

아니라는 말을 내뱉는 바로 그 순간, 예전의 내 모습이 떠올랐다. 김태강의 소문을 들은 날, 그 애를 확인해 보겠다고 굳이 B반 앞을 지나갔던 내 모습이.

"그럼 뭐야?"

종이컵은 이제 물에 젖은 종이 쪼가리가 되어 있었다. 나는 종이컵을 손톱 끝으로 갉작거리며 간신히 대답했다.

"나도 당했어. 그거 말이야."

"몸캠피싱 말하는 거야?"

"응. 그거랑 비슷한 거."

내 말에 김태강은 눈을 감고 신경질적으로 미간을 찌푸린 채 손을 꽉 쥐었다 폈다 반복했다. 나는 숨을 죽이고 그 애의 손짓을 지켜봤다. 집게손가락 중간 마디 아래쪽에 있는 두 개의 점이 보였다가 사라졌고, 사라졌다가 보였다.

"너는 어떻게 당했는데?"

김태강의 갑작스러운 질문에 숨이 막혔다. 나는 아주 천천히 그간의 일을 늘어놓았다. 김태강은 심각한 얼굴로 귀 기울여 듣더니, 내 말이 끝나자 조금 안심하는 듯한 표정을 지었다.

"그래도 넌 합성이니까 그나마 낫다."

그게 어떻게 나은 일이 될 수 있는지 이해가 가지 않았다. 김태강은 자기 이야기를 시작했다. 나는 처음으로 김

146

태강 사건의 정확한 자초지종을 들을 수 있었다. 가십이 아닌, 피해자의 진짜 이야기를 말이다.

김태강의 경우는 나와 조금 달랐다.

"어느 날 갑자기 모르는 여자한테서 카톡이 왔어. 프로필 사진을 보니까 나보다 두세 살 정도 많은 것 같았고, 예쁘장했어. 처음에는 자기가 친구가 별로 없어서 마음 터놓고 이야기할 채팅 친구를 구한다고 했어. 대화는 평범했고, 우리는 금방 친해졌지. 그런데 어느 날, 그 누나가 평소랑은 다르게 말을 거는 거야."

김태강은 그 누나가 "우리 오늘은 좀 다르게 놀자. 나는 너를 좀 더 깊게 알고 싶거든." 하고 말을 건넸다고 했다.

"그러고 나서 사진을 몇 장 보내더라고. 가슴 사진이었어. 그러더니 나한테 야한 이야기를 하더라. 떨떠름한 기분이 안 들었던 건 아니야. 그런데 사진이 너무 강렬해서 다른 생각이 나질 않았어. 그냥 명치가 짜릿하고 귀 뒤가 오싹한 감각만 강하게 느껴졌어."

여자는 김태강에게도 사진을 요구했다. 김태강은 사진을 한 장 보냈고, 여자는 뒤이어 동영상을 보냈다. 옷을 벗은 여자가 외설적인 행위를 하는 영상이었다. 그런데 소리가 들리지 않았다. 그러자 여자는 코덱이 안 깔려서 그렇다며 파일을 하나 보내왔다. 그 파일을 깔고 나자, 여자는 이번에는 김태강에게 영상을 보내 달라고 했다.

"우리는 2주가 넘도록 대화를 주고받았고, 꽤 친해진 사이였어. 난 썸을 타고 있다고까지 생각했어. 그런데 상대가 야한 대화를 걸어오니까 완전히 퓨즈가 나갔지, 뭐. 난 그 누나가 나랑 야한 장난을 치고 싶은 줄 알았어. 어차피 실제로 만나지는 않았으니까 비밀스러운 장난을 치는 줄로만 안 거야."

그리고 김태강은 문제의 영상을 찍어서 보냈다고 한다. 영상을 보내고 몇 분 뒤, 전화가 걸려 왔다. 성인 남자의 목소리가 들렸다. 남자는 김태강이 아무 의심 없이 깔았던 코덱이 해킹 파일이라고 밝히고는 협박을 시작했다. 핸드폰에 저장된 연락처를 모조리 복사했으니, 김태강이 보낸 영상을 자기가 해킹한 연락처로 전송하겠다고 협박했다.

"그 뒤는 너랑 비슷해."

김태강은 남자가 요구한 돈을 보냈고, 며칠 후에 남자는 돈을 더 보내라고 다시 협박했다. 그제야 김태강은 이 일이 자신이 손쓸 수 없는 문제임을 알았다고 했다.

그 애는 경찰서를 찾아갔다. 사이버 수사대로 안내받고 담당 경찰을 만났다. 신고 접수 서류를 쭉 읽어 내려가던 경찰이 혀를 찼다.

"몸캠피싱이네. 통화 내용이랑 주고받은 메시지 전부 캡처하고 보관했죠? 신고할 수 있는 모든 자료를 확보해야 합니다. 요즘 이거 때문에 아주 골치 아프다니까. 이놈들이 원래는 성인들을 등쳐 먹었는데, 이제는 학생들한테까지 이따위 짓거리를 한다고."

김태강은 경찰이 한 말을 고스란히 전해 주었다.

"몸캠피싱은 유형도 은근히 달라. 아예 전화를 걸어 끊지도 못하게 협박하면서 당장 은행에 가라고 압박하는 놈들도 있고, 여학생들 같은 경우는 돈이 아니라 계속 야한 사진이나 영상 찍어서 보내라고 협박하기도 한대."

그 말들은 김태강에게 전혀 위로가 되지 못했을 거다. 기억을 곱씹는 김태강의 표정이 한층 더 가라앉았다.

"난 경찰 말을 자르고 단도직입적으로 물어봤어. 이놈들이 요구하는 돈을 보내면 끝낼 수 있냐고."

김태강의 그 질문이야말로 내가 가장 궁금해하는 점이었다.

"거의 안 끝난다고 하더라. 원래 수법이 그렇대. 처음에 요구한 돈을 보내면, 말 같지도 않은 핑계를 만들어서 뜯어낼 만큼 뜯는 거야. 일단은 SNS 계정 싹 다 탈퇴하고, 돈은 보내지 말라고 하더라."

그 뒤에 김태강은 경찰에게 한 번 더 중요한 질문을 했다.

"그러면 제 영상 유포 안 해요?"

김태강에게도 나에게도 가장 중요한 질문이었다. 나쁜 놈을 잡을 수 있는지 없는지는 오히려 관심 밖이었다.

김태강은 모호한 표정을 지으며 말을 이었다.

"장담 못 한다는 대답을 들었어. SNS 계정을 전부 탈퇴하고 연락을 다 차단해 버리면 깔끔하게 포기하고 다른 상대를 찾는 경우도 있대. 하지만 보복성으로 영상을 퍼뜨리기도 한대. 운이 좋으면 그냥 조용히 지나갈 수도 있고, 아니면…… 더러운 꼴을 감수해야 한다는 거지."

더러운 꼴이 어떤 건지 김태강은 처절하게 경험했다.

"나는 운이 나쁜 케이스였고."

무거운 침묵이 휴게실 안을 짓눌렀다. 김태강은 에휴, 하고 과장된 한숨을 내쉬며 괜히 머리를 툴툴 털었다. 침묵이나 우울 따위를 털어 버리려는 것처럼 보였다. 김태강이 어떻게 괜찮을 수 있는지 더욱 궁금해졌다. 나는 합성 사진이 유포될지도 모른다는 생각에 지구가 멸망해 버렸으면 하고 기도했는데 말이다. 그런 고통을 온전히 벗어났다고는 할 수 없겠지만, 김태강은 어느 정도 일상을 회복한 것 같은 모습이었다. 물어볼까 말까 머뭇거리는데, 김태강이 내 등을 느릿느릿 툭툭 두드렸다.

"방금 한 말들이 전혀 위로가 안 된다는 거 알아."

등을 두드리는 손짓만큼이나 조심스러운 말투였다. 김태강의 눈길은 내 운동화 근처를 향하고 있었다.

"그래도 그건 진짜 네 사진이 아니잖아. 만약에 진짜 네 사진이었다고 해도, 네가 잘못한 거 아니야. 나는 그냥 너나 나나 지독한 악의에 걸려들었다고 생각해. 살면서 누구라도 맞닥뜨릴 수 있는 누군가의 나쁜 의도 말이야. 어떤 사람이 작정하고 악의를 품고 덤벼들어서 말려들 수밖에 없는 그런 일."

김태강은 '악의'라는 단어를 강조하며 말했다. 나는 그 단어를 입 속에서 굴렸다.

"그야 물론, 다른 누군가는 또 다른 악의를 품고 우리에게 일어난 일들을 멋대로 떠들 수도 있어."

김태강이 내 운동화를 보는 것처럼, 나도 그 애의 손가락을 멍하니 바라보고 있었다. 김태강의 손가락이 조금 떨렸다.

"자기랑은 상관없는 일이라고 생각하니까 가볍게 떠들어 대는 거겠지. 자기가 악의를 품고 있다는 사실조차 의식하지 못하면서. 그런데 의외로 그 반대를 보여 주는 사람도 있더라. 음, 뭐랄까……. 선의 같은 거?"

선의, 그 말이 나오기 직전에 김태강의 손가락이 심하게 떨렸다. 그 모습을 보고만 있을 수 없어서 난 그 애의 손을 슬며시 덮었다. 그 애의 손이 경직되는 게 느껴졌다. 외운 듯이 흘러나오던 말도 잠깐 멈췄다.

잠시 후, 김태강이 헛헛하게 웃었다. 그리고 제 손에 매달린 내 손을 가볍게 흔들었다.

"이런 거 말이야."

"어?"

"아까 다짜고짜 나한테 어떻게 여기서 웃을 수 있냐고 물어봤지?"

나는 여전히 머리가 멍했다. 반대로 김태강은 아까보다 안정을 찾은 듯했다. 은근하게 들어가는 보조개가 이번에도 내 시선을 사로잡았다.

"나한테 쏟아지는 왜곡이나 농담, 조롱 같은 것도 물론 많았지만, 내 고통을 이해하고 위로하고 나를 옹호하고 내 편에 서 주는 사람들도 있었어. 부모님은 '네 나이에 그럴 수도 있다, 네가 남을 상처 입힌 게 아니니까 괜찮다'고 다독여 주셨고, 선생님은 내가 다시 학교에 나갈 때까지 매일 전화해서 보고 싶다고 말씀하셨어. 친구들은 집 앞까지 찾아와서 학교 나오라고 소리를 질렀지. 내 편이 되어 준다면서. 그래도 힘들었지만, 일은 이미 벌어졌잖아. 선의와 악의 가운데 어떤 소리에 귀를 기울일지는 내 선택이었는데, 나는 한번 견뎌 보기로 했어."

김태강이 어깨를 으쓱했다. 학원 수업 끝나는 종이 울렸다. 휴게실 밖이 금세 소란스러워졌다. 밖에서 애들이 떠드는 소리가 꼭 다른 차원의 세상에서 들려오는 것만 같았다. 이번에는 김태강이 내 손을 잡았다.

"네 일이 어떻게 될지는 나도 장담할 수 없어. 하지만 혹시 안 좋은 쪽으로 흘러간다고 해도, 나는 네 편에 서 있을게."

나는 눈을 감았다. 머리가 아찔했다. 돈을 보내든 안 보내든, 신고를 하든 안 하든, 타인들의 악의는 계속해서 살아 있을 것이다. 어쩌면 사진이 유포되고, 내가 아무리 아니라고 해도 나를 바라보는 사람들의 눈에 의심과 조롱이 가득 찰지 모른다. 잠시 덮어 두었던 참담함이 일렁거렸다. 그러나 손에서 느껴지는 온기가 나를 위로하는 듯했다. 어쩌면 나는 선의로 나를 감싸고 위로하는 누군가의 따스함을 가장 바라고 있었는지도 모른다.

"주변에 합성 사진이라고 말해 줄 거야?"

"네 얘기를 하는 애들이 있으면 무조건 끼어들어서 말할게."

"경찰서 가는 거 도와줄 거야?"

"그래. 같이 가 줄게."

"아무 일 없이 그냥 끝날 수도 있겠지?"

"물론 그럴 수도 있고, 그렇게 되는 게 가장 좋지. 그게 아니더라도 네 잘못은 하나도 없어. 나는 무조건 네 편에 설 거야."

내 손을 덮은, 내 손보다 한 마디 정도 더 큰 손에 힘이 들어갔다. 마치 불안함 때문에 마구 뛰는 내 심장을 보듬는 것처럼.

"그리고 네 편이 나 혼자만은 아닐 거야. 안 그래?"

나는 주변 사람들을 떠올렸다. 정말 그럴까.

악의에 걸려든 지 나흘째. 나는 처음으로 온기라고 할 만한 에너지가 가슴에 흐르는 것을 느꼈다.

일이 어떻게 해결될지는 역시 잘 모르겠다. 나는 고작해야 열여섯 살이고, 이런 일을 이겨 내는 방법은 배운 적이 없다(어른이라고 답을 알까?).

그러나 이 지독한 악의에 매몰되는 것이야말로 끔찍한 일이라는 사실을 어렴풋이 알 것 같다. 선한 것을 바라보고, 내 편에 선 사람들과 함께 내가 할 수 있는 모든 일을 하는 것이 최선이라는 결심이 선다. 나를 위해서. 그리고…… 혹시 나와 비슷한 일을 겪을지 모르는 또 다른 누군가를 위해서.

마음에 상처 없는 사람이 어디 있겠나, 싶은 시대를 살고 있다. 나는 특별히 청소년들이 싸매고 있는 상처가 안타까워서 심리 상담을 전공했고, 대학을 졸업한 뒤 관련된 일을 5년째 하고 있다.

청소년은 전두엽 발달이 지속되고 있는 미완한 존재다. 청소년 아이들은 "우리도 알 거 다 알아요."라고 말하고, 어른들도 종종 '그만하면 알 거 다 아는 나이'라고 얘기하지만, 사실 그 시기의 뇌가 얼마나 말랑하고 얼마나 상처받기 쉬우며 얼마나 충동적이고 얼마나 자극에 약한지 우리는 알고 있다. 청소년은 실수하는 존재일 수밖에 없다. 그러나 몇 가지 실수, 특히 누군가의 악의와 맞물려서 벌어지는 실수는 한 아이의 인생을 완전히 어그러뜨릴 만큼 영향력이 강하다.

청소년의 몸캠피싱 피해도 그렇다. 얼마 전에도 몸캠피싱과 비슷한 N번방 사건이 터져서 우리 사회를 들썩이게 했다. 각종 메신저 앱을 통해서 스폰·모델 아르바이트와 같은 고액 아르바이트를 제안해 피해자들을 유인하고, 걸려든 이들에게 성 착취물을 찍게 하여 이를 유포한 디지털 성범죄 사건이다. 피해자 중에 미성년자가 많아서 더욱 공분을 샀다. N번방 사건과 비슷한 범죄 수법으로 SNS 일탈계(자유분방한 사진이나 게시글을 올리고 저장하는 개인의 비밀 계정)를 해킹해 악용한 사건도 있었다. 피해자들이 얼마나 끔찍한 고통을 받았을지 짐작도 가지 않는다. 이처럼 악의는 더욱 악랄하고 교묘하게 아이들에게 접근하고 있다.

누군가의 악의와 자신의 미숙함에서 비롯된 실수 때문에 아이들이 허덕이는 모습을 보기가 괴로워서 이 주제를 택했다. 비슷한 유형의 어떤 덫에, 어느 누구도 걸리지 않기를 바라는 간절한 마음으로.

그 애

우다영

2014년 세계의 문학 신인상을 받으며 등단했다.
지은 책으로는 『밤의 징조와 연인들』 『창모』, 함께 지은 책으로는 『다행히 졸업』
『우리는 날마다』 『서로의 나라에서』 『소설 보다 : 여름 2019』 『소설 보다 : 가을
2020』 『식스센스』 등이 있다.

"같이 갈래?"

한 명이 뒤돌아보며 물었다. 같은 반인 그 애는 평소에
도 누구에게나 쉽게 말을 붙이는 밝고 상냥한 성격이었
고, 함께 어울리며 같은 속도로 걸어가는 친구들에 둘러
싸여서도 이대로 가다간 뒤처진 내가 수족관에 혼자 남으
리라고 눈치챌 수 있는 섬세한 눈을 가진 아이였다.

그 애와 함께 걷던 친구들이 멈춰 서더니, 그제야 발견
했다는 듯이 한꺼번에 나를 바라봤다. 내가 원한다면 같
이 가 줄 수 있다는 표정을 짓고 있었지만, 실은 그 애가
원한다면 아무래도 상관없다는 무심한 얼굴들이었다.

"아니. 난 됐어."

"그래, 그럼."

그 애는 기분이 상하지도, 아쉬워하지도 않는 듯 살짝 미소를 지으며 친구들과 돌아섰다. 그 무리는 오픈 수조에 손을 담그고 살아 있는 붉은 불가사리를 직접 만져 볼 수 있는 다음 방으로 천천히 걸어갔다. 아마 그 방에 도착하면 나와 잠시 이야기했다는 사실도, 또 나라는 아이가 수족관 어딘가에 있다는 사실도 모두 잊을 게 분명했다.

나는 똑같이 닮은 하얗고 커다란 벨루가 두 마리가 있는 원형 수조 앞에 앉아 지친 다리를 쉬는 사람처럼 여유를 부렸다. 같은 반 아이들 몇몇이 내 앞을 지나갔고, 얼굴을 알지만 인사는 하지 않는 다른 반 아이들도 지나갔다. 모르는 사람들이 친구나 가족과 둥그렇게 굴곡진 수조 앞에 붙어 서서 혹은 멀리 물러나서 거울에 비춘 것처럼 나란히 헤엄치는 두 마리 하얀 고래를 구경하고, 웃음을 터뜨리고, 사진을 찍는 모습을 오래도록 지켜봤다.

내 주변은 시끌벅적하면서도 조용했다. 아무도 나를 찾으러 오지 않았고, 나 역시 딱히 함께 있고 싶은 친구가 없었다. 자기들끼리 친한 아이들 무리가 가까이 다가오면 긴장되는 한편 쓸쓸해졌지만, 그 애들이 지나가면 다시 마음이 차분하게 가라앉았다. 나는 아주 오래전부터 아이들에게 둘러싸여 불편해하면서 진땀을 빼는 상황을 겪느니 차라리 이러는 편이 좋다고, 혼자인 것이 익숙하고 편안하다고 생각했다. 하지만 어느 순간에는 내가 다른 아이들 눈에 보이지 않는 게 아닐까, 내가 세상에서 사라져 버린 게 아닐까 하는 생각이 들기도 했다.

수족관에 간 그날 그곳에서 그 애가 사라졌다. 다시 모이기로 정한 시각, 수족관 밖 아케이드 중앙 분수로 우글우글 모인 우리들 사이에 그 애는 없었다. 그 애는 종일 아이들에게 둘러싸여 있었다. 그래서 그 애의 행적에 관한 증언들, 이를테면 그 애가 입고 있던 칼라가 달린 하얀 라코스테 원피스라든가 손목에 차고 있던 스와로브스키 가죽 시계 같은 것, 그 애가 수족관에서 먹은 코카콜라와 작은 컵에 한 스쿠프 담긴 바닐라 아이스크림 같은 것, 그 애가 한쪽 귀에 블루투스 이어폰을 꽂고 내내 듣던 인디 밴드의 플레이리스트 같은 것에 대한 증언이 쏟아져 나왔지만 정작 그 애가 어디로 사라졌는지 아는 사람은 아무도 없었다.

*

그 애 이름은 윤경이었다. 누구나 그 이름을 알았다. 윤경과 같은 2학년 5반 아이들, 언젠가 한 번쯤 윤경의 옆

반이나 건너편 반이었던 아이들, 이동 수업이나 독서 동아리에서 만난 아이들, 함께 학급 회장 회의를 했던 아이들, 같은 초등학교를 나온 아이들, 같은 동네에 사는 아이들, 그 아이들의 친구들, 또 그 친구들의 친구들 모두가 윤경을 기억했다.

윤경과 한 번도 이야기를 나눠 본 적 없는 아이들도 그 애와 그 애 친구들을 알았다. 2학년이 돼서 치른 총 다섯 번의 내신 고사 중 다섯 번 전교 1등을 한 슬기와 윤경이 같은 동네에 살며 등하교를 함께 한다는 사실을 우리는 알고 있었다. 농담을 잘하고 게임을 좋아해서 누구와도 잘 어울리지만, 종종 체육관 뒤에서 담배를 피우고 이따금 거슬리는 애를 그곳으로 끌고 가 겁을 주기도 하는 아영이 함께 매점에 가거나 점심을 같이 먹으려고 그 애 반을 찾아오는 모습을 우리는 본 적이 있었다. CF와 뮤직비디오에 나와서 벌써 꽤 유명한 아이돌 연습생 수지가 오랜만에 학교에 나오면 어김없이 윤경을 찾고, 사실상 오직 그 애하고만 이야기한다는 사실을 우리는 알고 있었다.

윤경은 SNS를 하지 않았지만, 그 애 친구들이 올리는 글을 통해 윤경의 소식을 알 수 있었다. 깨끗하게 비운 접시가 가득한 테이블 앞에서 윤경이 시무룩한 표정을 짓고 있는 사진에 '갱이는 꿀꿀이'라고 쓴 것, 노래방 마이

크 스탠드를 잡고 포즈를 취하는 사진에 '대세 래퍼 깽'이
라는 글이 달린 것, 때로는 아기자기한 귀고리나 비즈 반
지 사진과 함께 적힌 '깽이랑 맞췄지롱' 같은 자랑을 굳이
찾아보려고 애쓰지 않아도 볼 수 있었다. 프로필 사진도
없고 아무 게시물도 없는 내 계정 피드에도 하루가 멀다
하고 윤경의 사진이나 이름이 보이는 게시물이 올라왔다.
누구나 아주 쉽게 윤경이 어느 날 어디에 갔는지, 무얼 먹
었는지, 어떤 옷을 입었는지, 누구랑 놀았는지 알 수 있었
다. 모두가 언제나 윤경을 지켜봤고, 윤경을 알고 있었다.

"누가 윤경이랑 제일 친했지?"

그러나 이 질문에는 하나같이 대답을 망설였다. 저마다
선뜻 윤경의 가장 친한 친구라고 말할 자신은 없었다. 윤
경은 친구가 정말 많았고 한 명 한 명과 모두 특별한 유
대감을 형성하고 있었지만, 이를테면 그 애들에게는 윤경
과 친해진 나름의 계기와 윤경과 나눌 수 있는 비밀스러
운 이야기가 있었지만, 윤경의 마음속에 자리한 우선순위
가 무엇인지 아는 사람은 아무도 없었다. 윤경과 가장 가
까운 친구가 누구인지도 잘 알 수 없었다. 우리는 그 사실
을 윤경이 사라지고 나서야 깨달았다. 우리가 실은 윤경
에 대해 잘 모른다는 사실을.

*

"어떤 기준으로 우리를 뽑은 거죠?"

슬기가 손을 들고 도전적으로 물었다. 슬기는 수업이 끝
난 뒤 학원에 가지 못하고 조사에 협조해야 한다는 사실
을 처음에는 믿기 힘들어하다가 이내 불같이 화를 냈다.
담임 선생님이 나서서 이 조사가 봉사 활동 시간에 포함
될 거라고 타이르고서야 상담실 의자에 앉았다.

"너희는 모두 윤경이를 알지?"

타원형 탁자 앞에 앉은 경찰이 우리에게 부드럽게 물었
다. 윤경의 실종을 조사하는 담당 조사관이었다. 40대로
보이는 여자였는데, 인상이 사납지 않고 평범했다. 경찰이
라고 미리 알려 주지 않았다면 학교를 방문한 학부모라고
생각했을지도 모른다. 그녀는 우리에게 아무것도 강제하
지 않으며 우리를 눈곱만큼도 의심하지 않는다는 인상을
주기 위해 애쓰는 듯했다.

소문에 따르면, 윤경이 수족관 견학 도중에 사라진 지
사흘이 흘렀지만 경찰은 윤경이 실종된 것인지, 사고를
당한 것인지, 납치된 것인지, 아니면 가출한 것인지 감도
잡지 못하고 있었다. 윤경은 수족관 출입구 어디로도 나
오지 않았고 어느 순간부터 CCTV에도 찍히지 않았으며

정말 물거품처럼 사라져 버렸다.

"알죠. 걔를 모르는 애는 없는데요."

아영이 삐딱하게 앉아 대답했다. 하복 블라우스가 몸보다 훨씬 작아 단추를 풀고 티셔츠 위에 카디건처럼 걸치고 있었다. 상담실 한쪽 벽에 서 있던 학생 주임 선생님이 다가가 무어라 말하자 아영은 마지못해 자세를 바로 하고 앉았다. 그러고는 진술을 위해 앞에 준비된 깨끗한 A4 용지를 북 찢더니, 거기다 씹고 있던 껌을 뱉었다. 학생 주임 선생님이 넌덜머리가 난다는 듯 고개를 저었지만 아영은 아랑곳하지 않았다.

"윤경이 방에 있는 달력에 친구들 이름이 써 있었어. 그중 너희 이름이 가장 높은 빈도로 적혀 있었고. 아마도 그날 만나기로 하거나 만났던 친구가 아닐까 싶은데……."

경찰은 나를 포함해 커다란 원탁에 띄엄띄엄 앉은 네 아이의 표정을 슬며시 살폈다.

"시연이도 그래서 불려 온 거라고요?"

내 이름을 말한 사람은 수지였는데, 학교에서 가장 유명하고 예쁜 애가 내 이름을 알고 있어서 나는 깜짝 놀랐다. 작년에 같은 반이었던 수지는 소속사 스케줄 때문에 바빠 학교에 나오지 않는 날이 많았고, 설사 등교했다고 해도 나같이 조용한 아이와 마주칠 일은 전혀 없었다.

"그래. 시연아, 윤경이를 자주 만났니?"

경찰이 묘한 눈빛으로 묻자 슬기와 아영과 수지가 동시에 내 쪽을 바라봤다. 이 자리에 모인 사람들 가운데 가장 의외인 사람이 나이며, 그래서 내가 가장 의심스럽다고 말하는 듯한 눈빛이었다. 마치 윤경이 실종된 이유가 내게 있다고 의심하는 것만 같았다.

"네……. 우연히 자주 마주쳤어요."

나는 잔뜩 주눅이 든 채로 대답했다.

"우연히?"

경찰이 얇은 눈썹을 치켜올리며 나를 봤다. 그러더니 손에 들고 있던 종이를 쓱 훑어보고는 다시 나를 바라봤다. 그 종이에 윤경의 달력에 적힌 내용이 있고, 윤경이 우리가 만난 날을 달력에 꼼꼼하게 기록했다면……. 그렇게 잦은 빈도로 우연히 만났다는 내 말이 이상하게 들릴 법도 했다.

"산책길에 자주 마주쳤어요. 천변을 따라 걷는 우레탄 길에서요. 윤경이랑 약속을 하고서 따로 만난 적은 별로 없어요. 저희는 친한 사이가 아니라서요……."

"그렇구나."

경찰은 긴장한 나를 달래듯 웃어 보이더니, 이 조사는 누구의 잘못을 찾아내려는 게 아니라 윤경에 관한 자세한

정보를 얻는 게 목적이라고 설명했다. 그리고 무엇이든 좋으니 윤경이 어떤 아이인지, 윤경에게 어떤 일들이 있었는지 아는 대로 모두 말해 달라고 우리에게 부탁했다.

한시바삐 학원에 가서 보충 수업을 들어야 하는 슬기도, 학교와 선생님을 썩 좋아하지 않는 아영도, 매사에 무관심해 보이는 수지도 선뜻 펜을 들고 진지하게 종이를 채워 나가기 시작했다. 심각한 표정 위로 윤경을 염려하는 아이들의 마음이 드러났다. 그 애들은 모두 윤경을 좋아했고, 윤경이 무사히 돌아오길 바라고 있었다.

하지만 나는 하얀 A4 용지를 멀뚱히 내려다보며 모든 것을 솔직하게 적어야 하나 고민했다. 내가 윤경을 어떻게 생각하는지, 윤경이 어떤 아이라고 생각하는지, 그 애와 내가 대체 어떤 사이라고 생각하는지…… 그런 것을 정확하게 적을 수 있을까.

*

시작은 가방이었다. 윤경은 다른 아이들이 메고 다니는 평범한 백팩이 아니라, 어깨 한쪽에 바짝 메는 검은 숄더백을 갖고 다녔다. 특별히 비싼 브랜드도 아니고 눈에 띄게 예쁜 디자인도 아니었다. 그저 표면이 반질반질하고 재질이 튼튼해 보이는 그 가방 안에 책과 옷가지를 잔뜩 넣고 몸에 붙여 들고 다니는 윤경의 가는 팔과 등허리가 예뻐 보였다. 나는 언젠가 윤경이 교실 문 앞에 서서 그 가방의 한쪽 손잡이를 벌려 두고 무언가를 찾는 모습, 고개를 숙여서 찾는 데 집중하는 바람에 흘러내린 까만 생머리를 귀 뒤로 쓸어 넘기는 모습을 지켜본 적이 있었다.

처음에는 내가 그 가방을 갖고 싶어 하는 줄 꿈에도 몰랐다. 그런데 백화점에서 윤경의 것과 똑같은 가방을 본 순간, 그런가 보다 하며 대수롭지 않게 매장을 지나쳤다가 머릿속에 온통 그 가방 생각이 맴돌아서 결국 다시 돌아간 순간, 그 가방을 어깨에 메어 보고 전신 거울 앞에서 이리저리 포즈를 취해 본 순간, 내가 항상 그 가방을 갖고 싶어 했다는 사실을 깨달았다.

그날 무리하게 용돈을 털어 그 가방을 샀지만, 바로 학교에 메고 가지는 못했다. 다음 날에도 윤경은 그 가방을 메고 왔는데, 주위를 아무리 둘러봐도 학교에서 윤경과 똑같은 가방을 멘 아이는 한 명도 없었다. 내가 윤경과 똑같은 가방을 메고 가면 애들이 어떻게 생각할까, 자기들끼리 비웃거나 쑥덕거리지는 않을까, 윤경은 나를 어떤 표정으로 바라볼까 상상하니 두려웠다. 그러나 그토록 마음 졸인 것이 허무할 만큼, 내가 그 가방을 학교에 메고 갔을 때 알아챈 사람은 아무도 없었다. 내 가방을 유심히 살펴보거나 곁을 지나갈 때 나와 윤경을 번갈아 바라보는 애들도 없었다. 나는 새 가방을 책상 고리에 조심스럽게 걸고 긴장한 채 윤경이 있는 쪽을 바라봤는데, 아무것도 눈치채지 못한 윤경은 친구들에게 둘러싸여 웃고 있었다. 그 애가 편하게 걸터앉은 책상 고리에는 나와 똑같은 검은 숄더백이 걸려 있었다. 그 애가 웃으며 허공에 뜬 다리를 움직일 때마다 고리에 걸린 가방 손잡이가 금방이라도 떨어질 듯 위태롭게 흔들렸다.

가방을 시작으로 나는 윤경이 가진 것과 똑같은 물건들을 하나씩 사 모았다. 그 애가 바르는 코럴색 틴트, 항상 들고 다니는 동그란 손거울, 베이비파우더 향이 나는 핸드크림, 파스텔 톤 곱창 머리끈, 매끄럽게 잘 써지는 볼펜, 다른 아이들도 다 신는 핏플랍 슬리퍼, 소지품을 넣고 다니는 납작한 에스닉 프린트 파우치, 교복 상의 안에 입어 포인트를 준 짙은 파란색 티셔츠 따위들. 나는 윤경이 가진 것과 똑같은 것을 찾기 위해 인터넷과 매장을 샅샅이 뒤지는 수고를 마다하지 않았다. 그러고도 똑같은 물건을 찾을 수 없을 땐 비슷한 거라도 구하고야 말았다. 그 물건들을 사용할 때마다 누가 그 사실을 알아차리고 이상한 눈길로 바라보거나 그 자리에서 나를 기분 나쁜 애라

고 비난할까 봐 두려움에 떨었지만, 아무도 내게 그러지
않았다.

윤경과 똑같은 물건을 가지고 다녀도 내게 관심을 두는
애는 한 명도 없었다.

그러던 어느 날, 윤경이 지나가다가 의자 위에 걸쳐 둔
내 카디건을 가리키며 말했다.

"그 카디건 예쁘다."

순간 나는 얼굴이 새빨갛게 달아올랐지만, 윤경은 그저
지나가면서 건네는 인사였다는 듯이 그 말만 던지고 그대
로 교실 밖으로 나가 버렸다. 나는 윤경의 의도를 알 수
없어 혼란스러웠다. 그 카디건은 한 달 전에 윤경이 입고
온 것과 거의 비슷한, 헐렁한 네이비색 카디건이었다. 똑
같은 브랜드의 카디건을 찾을 수 없어서 재질과 품이 비
슷하고 주머니 위치가 거의 같은 카디건을 샀는데…….

윤경이 정말 못 알아봤을까? 한동안 윤경이 그 네이비
색 카디건을 입지 않았다는 사실이 떠올라 문득 이상하게
여겨지기도 했다. 내가 비슷한 카디건을 입어서 기분이
상한 걸까? 그날 수업이 끝날 때까지 나는 온갖 생각에 빠
져 괴로워했다. 그러나 윤경은 평소처럼 친구들과 매점에
가고, 친구들의 고민을 들어 주고, 친구들에게 둘러싸여
집에 갔다.

그날 이후 나는 교실에서 윤경이 다가오면 긴장으로 몸이 빳빳하게 굳고 손바닥에 땀이 뱄다. 당장이라도 윤경이 내 옷과 소지품을 가리키며 내가 자기를 따라 한다고 싸늘한 목소리로 말할 것만 같았다. 가슴 밖으로 소리가 들릴 만큼 심장이 세차게 뛰었다. 진짜 그런 상황이 오면 아니라고 발뺌해야 할지, 아니면 순순히 인정하면서 미안하다고 해야 할지 심각하게 고민하기도 했다. 그러나 윤경은 더는 내게 말을 걸지 않았고, 내게 아무런 관심도 보이지 않았다. 나는 서서히 그 모든 게 나 혼자만의 지나친 착각이었다는 것을 깨달으며 허탈해졌다.

그렇지. 아무도 나 같은 애한테 관심 없는걸. 내가 무얼 들고 다니든, 누구를 따라 하든.

그런 생각이 들자 윤경이 가진 것과 똑같은 물건을 모으는 나 자신이 비참하게 느껴졌다. 뭐를 바라고 한 일은 아니지만 이제 그만두어야 한다는 생각이 들었고, 진짜로 그렇게 했다. 윤경을 따라 산 물건들은 전부 상자에 담아 방 한쪽에 치워 두었다. 윤경을 더는 관찰하지 않으려고 그 애가 있는 쪽은 잘 쳐다보지도 않았다. 어차피 나와는 아무 연관도 없는 다른 세계의 아이였다. 그 애가 교실 앞으로 나가 발표할 때, 운동장에서 교복 치마 아래 체육복 바지를 입고 남자아이들과 공을 찰 때, 다른 아이들이 그 애를 찾으며 이름을 크게 부를 때마다 나는 윤경을 의식했지만 그것으로 그만이었다. 그 애와 나의 은밀한 관계는 완벽하게 나만의 비밀로 남았다고 생각했다.

"그것 좀 주워 줄래?"

어느 날, 윤경의 가방에서 빠져나온 연분홍색 매니큐어가 내 앞으로 굴러왔다. 이동 수업 전이라 윤경과 나 말고는 아무도 없는 텅 빈 교실 바닥을 데굴데굴 굴러 매니큐어는 정확히 내 앞에서 멈췄다. 나는 반사적으로 그 작고 동그란 유리 케이스를 잡으려고 몸을 숙였다.

그걸 집어 드는 순간, 윤경이 말했다.

"그건 갖고 싶지 않아?"

어느새 윤경이 내 바로 앞까지 와 있었다. 윤경은 많은 친구의 경계를 허물어뜨리고 마음을 편안하게 해 주는 특유의 사람 좋은 미소를 지으며 내 눈앞에 두 손등을 쫙 펼쳐 보였다. 열 손가락의 손톱에 젤리처럼 볼록하고 광택이 나는 연분홍색 매니큐어가 칠해져 있었다.

"너 나 따라 하기 좋아하잖아."

"그게 무슨 소리야?"

내 바람과 달리 목소리가 떨렸다. 윤경은 연분홍색 매니큐어를 바른 손으로 내 손을 가볍게 잡고 말했다.

"날 훔쳐보고 야금야금 따라 하는데, 내가 정말 모를 줄 알았어?"

*

"윤경이는 아무도 미워하지 않았어요. 그 애는 진짜 못
된 애들이 하는 말과 행동도 다 이유가 있다는 듯이 받아
들이면서 한 번도 비난한 적이 없었어요. 그러면 그런 말
과 행동을 한 애들도 윤경이를 마구 대하지 못했어요. 윤
경이가 나서면 서로 미워하던 애들도 어느새 미워하는 이
유를 까먹고 화가 수그러들었어요."

수지가 오목조목 예쁜 얼굴로 말했다. 수지는 윤경을 향
한 깊은 신뢰와 애정을 숨기지 않았다. 그리고 윤경이 얼
마나 좋은 아이인지, 모두들 그 애에게 얼마나 의지하고
있었는지를 이야기하다 결국 울먹이고 말았다.

"윤경이를 찾을 수 있겠죠?"

"그래. 걱정하지 말고 기다려 보렴."

조사관은 우리를 안심시키기 위해 조금은 허황된 다짐
으로 달래며 조사를 마쳤다. 앞으로도 조사에 필요한 다른
질문을 할 수 있으니 협조를 부탁한다는 말도 덧붙였다.

상담실을 나오자마자 슬기는 뒤도 돌아보지 않고 쌩하
니 학원으로 가 버렸고, 기운이 없어 보이는 수지는 복도

를 터벅터벅 걸어갔다. 뒤따라 나온 아영이 수지 등 뒤에 대고 비아냥거렸다.

"회사에서 연기 연습 빡세게 시키나 보네? 감정선이 엄청 자연스러워."

"괜한 시비 걸지 말고 네 갈 길이나 가. 이런 상황에서도 생각이 없니?"

"난 생각만 없지. 넌 양심도 없잖아."

"무슨 뜻이야?"

수지가 멈춰 서더니 아영을 사납게 노려봤다.

그 애들이 다투는 모습을 처음 본 나는 놀라서 이도 저도 못 하고 그저 가만히 서 있었다. 내가 기억하는 수지와 아영은 언제나 윤경 곁에서 한 무리로 움직이는 친한 친구들이었기 때문이다.

아영도 지지 않고 수지에게 쏘아붙였다.

"그놈의 의존병은 고치지도 못했으면서, 갱이한테 징징 거리던 걸 그렇게 포장한다고?"

"갱이가 너 같은 줄 알아? 세상 사람들이 다 너처럼 속 좁고 의리 없는 줄 알지."

"너처럼 피해 의식이 있지는 않지."

수지보다 키가 한 뼘은 더 큰 아영이 수지 앞으로 성큼 다가서며 말했다.

"너는 사람들이 다 너를 미워한다고 생각하잖아. 아까도 나 들으라고 한 소리 아니야?"

"이제 보니 피해 의식은 네가 있네. 갱이만 아니었으면 너 같은 애랑 어울릴 일 없었을……."

수지의 말이 채 끝나기도 전에 아영이 수지의 어깨를 거칠게 밀쳐 벽으로 몰았다. 당장이라도 멱살을 잡을 듯 수지의 블라우스 쪽으로 손을 뻗은 아영은 이내 집게손가락으로 수지의 얼굴을 정확히 가리키며 경고했다.

"나야말로 윤경이만 아니었으면 너 진작에 가만 안 뒀어. 넌 진짜 나랑 안 맞아."

아영이 복도를 빠르게 걸어 사라지자 남겨진 수지가 그제야 눈물을 보였다. 놀라기도 하고 분하기도 한 듯, 커다란 두 눈에서 눈물이 뚝뚝 떨어졌다. 복도에는 아이들도 선생님도 없었다. 나는 잠시 고민하다가 화장실에 가서 휴지를 잔뜩 뜯어다 수지에게 건넸다. 수지는 눈물이 그렁그렁한 눈으로 나를 힐끗 보면서 말했다.

"이걸로 닦으면 화장 번져."

"아, 그러면……."

"됐어, 이리 줘."

내 손에서 솜사탕처럼 커다란 휴지 뭉치를 낚아챈 수지는 휴지 끝으로 눈과 뺨을 톡톡 두들기고 손부채 바람으로 얼굴을 말렸다. 신기하게도 엷고 투명한 메이크업이 하나도 지워지지 않았다.

"너 말이야."

"응?"

"오늘 본 거 말하고 다니지 마."

수지의 경고에 나는 바로 고개를 끄덕였다.

그 순간, 나는 한 장면을 기억해 냈다. 언젠가 운동장 모래 위에 하얀 바퀴 자국을 그리며 본관 현관 앞까지 빠른 속도로 달려 들어온 검은색 밴에 수지가 교복 치마와 긴 금발 머리를 휘날리며 올라타던 모습을 본 적이 있었다. 아마도 스케줄에 늦었던 모양인데, 나는 전교생이 창가에 다닥다닥 붙어 서서 그 드라마 같은 장면을 바라보며 오오 하고 장난스럽게 환호하는 모습을 이상한 기분으로 찬찬히 관찰했다. 그때 마음속으로 '나도 언젠가는 저런 아이와 이야기를 나눌 수 있을까?' 하는 생각을 했던 것 같다. 그런데 지금 바로 눈앞에 수지가 서 있고, 그 애가 내게 비밀을 지키라고 말하니 떨리면서도 몹시 기뻤다.

"말하지 않을게."

"고마워. 시연이 맞지?"

수지는 진술서를 쓰던 상담실에서도 내 이름을 불렀으면서 다시 확인했다. 나는 고맙다는 다정한 인사에 놀라

말문이 막혔다.

"회사에서 데리러 오려면 아직 시간이 남아서 그러는데, 같이 기다려 줘. 괜찮지?"

수지는 나를 쳐다보지도 않고 휴대폰 메시지를 확인하며 물었다. 내가 우물쭈물하자 슬쩍 고개를 들고 내 표정을 살피더니, 휴대폰을 앞으로 내밀며 말했다.

"번호 줘."

*

"수지는 도도하고 자신감이 넘쳐 보이지만 사실은 사람들 눈치를 엄청나게 봐. 자기를 싫어할까 봐, 거부할까 봐 전전긍긍하지. 혼자서는 잠시도 못 있고 불안해해. 대체로 제멋대로 굴긴 하지만 겁이 많고 순해서 조금만 관심을 기울이고 다정하게 대해 주면 마음을 얻기 아주 쉬운 타입이야."

노을이 지는 천변 산책 길, 윤경은 반보쯤 뒤에서 나를 따라오며 끊임없이 떠들어 댔다. 내가 대꾸하지 않아도 아랑곳하지 않고 혼자 이야기했다. 대개는 그 애와 친한 친구들 이야기였다. 윤경이 시니컬한 목소리와 조금은 재미있어하는 말투로 계속 떠들었다.

"수지랑 아영이는 사이가 안 좋아. 어릴 때 둘이 단짝이었는데 완전히 틀어졌거든. 수지가 아이돌 연습생이 되고 애들한테 주목받으면서 아영이는 자꾸 수지와 비교당했어. 수지가 더 말랐네, 수지 얼굴이 더 작네, 이런 식으로. 아영이는 자기를 업신여기는 듯한 사람들한테 넌덜머리가 나서 일부러 사납게 굴기 시작했어. 애들에게 겁을 주고, 필요하다면 힘으로 찍어 누르기까지 했지. 수지에게도 차갑게 대했어. 그래서 가뜩이나 소심하고 아영이한테 의존적이던 수지는 상처를 받았어. 사람들 눈치를 더 살피게 됐고. 웃긴 건, 걔들은 서로가 서로를 왜 싫어하게 됐는지 전혀 모른다는 거야."

"그런 이야기를……."

나는 끝내 참지 못하고 윤경을 향해 돌아서며 물었다.

"왜 나한테 그런 얘기를 해?"

윤경이 이상하다는 듯 내 얼굴을 빤히 들여다보더니 대답했다.

"내 친구들이랑 친해지고 싶은 거 아니었어? 나처럼. 날 따라 하고 싶은 거잖아."

그러고는 뒷짐을 진 채로, 금방이라도 박장대소를 터뜨릴 것 같은 얼굴로 말했다.

"나는 네가 원하는 대로 해 줄 뿐이야."

윤경은 무섭게 나를 몰아붙인 그날 이후로 종종 나를 불러냈다. 해가 진 저녁이나 학교에 가기 전 이른 새벽에 산책을 하자고 뜬금없이 연락하기도 했다. 나는 처음에는 윤경의 속마음을 도무지 알 수 없어 두려워하면서 그 애를 만나러 나갔다. 그리고 이내 윤경이 정말 이상한 애라고 생각하게 되었다.

윤경은 나와 단둘이 걸으며 그저 자신의 이야기를 들어주길 원했는데, 나를 너무 스스럼없이 대해서 가끔은 그냥 평범하고 친화력 좋은 아이가 아닐까 하는 생각이 들기도 했다. 하지만 어느 순간, 사람에게 드러내는 윤경의 쌀쌀맞은 분석과 냉소에 소름이 돋았다. 나는 그 애가 이상하고 무서웠다. 속으로 윤경이 원래 이런 아이였나 경악하면서, 동시에 이런 모습을 다른 아이들도 알고 있는지 궁금했다.

내 속을 들여다본 것처럼 윤경이 말했다.

"그래, 혼란스럽겠지. 너도 다른 애들처럼 내가 좋은 사람이라고 생각했을 테니까. 다들 나를 좋아하니까. 모두가 나를 자기들이 가장 좋아하는 모습으로 보니까."

그때 윤경은 붉게 타들어 가며 어둠 속으로 가라앉는 노을을 잠시 바라봤다. 하나로 높게 묶은 머리와 드러난 목덜미가 낯선 윤곽으로 보였다. 나는 어쩐지 윤경이 외로워 보인다는 느낌을 받았는데, 이내 말도 안 된다고 판단했다. 윤경은 그 누구보다 외로움과 거리가 먼 아이였다.

"아무튼 난 너한테 다 알려 줄 생각이야."

어느새 다시 쾌활한 표정으로 돌아온 윤경이 손뼉을 소리 나게 한 번 치며 말했다.

"그 애들과 친구가 되는 방법. 모두가 너를 좋아하게 만드는 방법. 바로 나처럼 되는 법 말이야."

*

슬기가 할 말이 있다고 교실로 찾아왔을 때, 나는 윤경이 들려준 슬기 이야기를 자연스럽게 떠올렸다.

"슬기는 무뚝뚝해 보여도 정이 많아. 기본적으로 사람을 믿지 않지만, 한번 신뢰하기로 마음먹은 사람을 위해서는 뭐든 하는 타입이지. 그러니 쓸데없는 환심을 사려고 애쓰기보다 정직하고 담백하게 대하는 편이 효과적이야. 슬기와의 공통점이나 네 약점을 보여 주는 것도 좋고. 어려운 사정을 잘 외면하지 못하니까. 무엇보다 슬기는 도움을 받으면 꼭 갚아야 하는 성격이야. 그러니까 한 번쯤은 슬기를 꼭 도와줘."

그렇게 말할 때 윤경이 마치 친구를 각별하게 생각하는

애틋한 사람처럼 보여서 나는 고개를 휘휘 저었다. 그 애의 뒤죽박죽인 속을 도무지 종잡을 수가 없었다.

"너, 윤경이에 대해 아는 게 있어?"

슬기는 윤경이 일러 준 성격대로 나에게 단도직입적으로 물었다.

"혹시 갱이를 따로 자주 만났었다면 아무거라도 좋으니까 말해 줘. 그 애가 어딜 간 건지, 무슨 일이 생긴 건지 실마리가 될 만한 게 있으면 말이야."

나는 동그란 은테 안경 너머로 차분하게 나를 바라보는 슬기의 눈을 잠시 마주 보다가 입을 열었다.

"너, 윤경이를 걱정하는구나."

"당연하지."

"나도 걱정하고 있어. 근데 윤경이랑은 어떤 계기가 있어서 몇 번 이야기를 들어 준 게 다야. 아무한테도 말하지 않겠다고 약속해서 내용은 밝힐 수 없어."

"약속한 거면 말할 필요 없어."

슬기는 당연하다는 듯이 고개를 끄덕였다. 그러고는 좀 묘한 눈길로 나를 바라봤다.

"갱이가 널 꽤 믿었나 보네?"

"글쎄……. 그건 잘 모르겠어."

나는 잔뜩 긴장한 상태였는데, 티를 내지 않으려고 노력하고 있었다. 괜한 짓을 하는 게 아닌가 싶은 불안과, 정말 슬기와 가까워질 수 있을까 하는 기대가 동시에 밀려왔다.

"아무래도 윤경이는 나를 좀 불쌍하게 여겼던 것 같아."

나는 머릿속에 떠올린 말을 무사히 마쳤다.

"불쌍히 여기다니?"

슬기는 예상대로 심각한 표정을 지으며 내 말에 관심을 보였다.

"내가 늘 혼자 있으니까 신경이 쓰였나 봐. 나는 괜찮다고 생각했는데 윤경이가 그러더라. 그건 괜찮은 게 아니라 스스로를 괜찮다고 속이는 거라고."

실제로 윤경은 내게 그런 말을 했었다. 그리고 이렇게도 말했다.

"네가 원하는 게 뭔지 내 눈에는 훤히 보여."

윤경은 나보다도 더 나에 대해 확신했는데, 차츰 깨닫게 됐지만 그게 윤경이 사람을 바라보는 태도였다. 윤경은 다른 사람의 욕망을 꿰뚫어 볼 줄 알았고, 그 사람이 자신에게 기대하는 모습을 정확하게 이해했고, 그 모습을 그대로 보여 주었다.

"아주 단순한 일이야. 그 애들이 기대하는 사람이 되어 주기만 하면 돼."

나는 윤경이 했던 말을 속으로 곱씹어 보았다. 그때, 여전히 무뚝뚝하지만 단어를 세심하게 고른 티가 역력한 투로 슬기가 말했다.

"윤경이는 나한테도 그런 얘기를 한 적이 있어. 세심한 눈을 가진 아이니까 너를 그냥 지나치지 못했을 거야. 갱이가 그렇게 말했다면 아마 너는 정말 괜찮은 게 아닐 거야."

슬기는 초등학교 때 전학 오기 전 학교에서 심한 따돌림을 당한 적이 있었다. 그래서 아이들과 눈을 잘 마주치지 못하고 말을 더듬었는데, 그런 사실을 숨기기 위해 모두에게 차갑고 무뚝뚝한 아이가 되었다. 그런 슬기에게 처음 다가간 사람이 윤경이었고, 윤경은 슬기의 상처와 두려움을 똑바로 바라봐 준 유일한 친구였다.

슬기의 그런 사정을 윤경에게 들었을 때, 문득 윤경이 어떤 아이일까 다시 한 번 생각했다. 이토록 사람들을 철저하게 분석하고 자기 마음대로 다룰 수 있다고 믿는 아이가, 그럼에도 누군가의 안식처가 되어 준다는 것이 기묘했다.

"힘든 일 있으면 나한테 말해도 돼. 갱이 친구는 내 친구이기도 하니까."

슬기는 그렇게 말하고 쑥스러운 듯 획 돌아서 자기 교

실로 가 버렸다. 나는 멀어지는 슬기의 뒷모습을 바라보면서, 윤경을 세심하고 동정심 많은 동시에 단단하고 용기 있는 아이로 기억하는 슬기에 대해 곰곰이 생각했다. 윤경이 지닌 무거운 마음과 쓸쓸한 표정을 짐작도 하지 못하는 슬기를 그리고 다른 아이들을 생각했다.

모두들 윤경을 자기가 보고 싶은 대로 본다면, 진짜 윤경은 어디에 있지? 윤경은 자신의 마음을 누구에게 털어놓았을까?

*

"네 친구들이 이렇게 전혀 다른 네 모습을 알면 소름이 끼칠 거야."

어느 날은 내가 윤경에게 쏘아붙였다.

"그렇겠지. 그 애들이 보고 싶은 모습이 아니니까. 그래서 너한테만 보여 주는 거야."

윤경은 대수롭지 않게 대답했다.

"네가 나한테서 보고 싶은 모습은 이런 거니까."

"아니, 나는 널 보고 싶지 않아. 너처럼 많은 친구도 필요 없어. 예전처럼 혼자인 게 편하고, 나는 아무 문제도 없어. 문제가 있는 쪽은 너 같은데?"

나는 윤경을 두려워하던 마음이 어느새 분노로 변했다는 사실을 깨달았다. 내가 동경하고 부러워했던, 내가 가지고 싶어 하는 모든 것을 가졌지만 그것들을 소중히 여기지 않고 함부로 대하는 윤경에게 화가 났다. 그리고 나라면 절대 그 아이들을 기만하지 않을 거라고 생각했다.

나는 윤경에게 이제 그만 나를 내버려 두길, 예전처럼 가끔 인사나 하는 적당히 먼 사이로 대해 주길 바란다고 차갑게 말했다.

"정말 너를 이해할 수 없어."

내 말을 들은 윤경은 뭐라고 말하려다가 그대로 입을 다물었다. 그리고 한동안 아무 말이 없었다. 윤경의 얼굴은 마치 상처받은 것처럼 보였는데, 나는 이내 그럴 리 없다고 생각했다.

한참 뒤에 윤경이 말했다.

"나는 우리가 닮았다고 생각했는데."

나는 이상한 소리를 들었다는 듯 인상을 썼다. 하지만 이내 윤경이 기운 없이 조그만 목소리로 중얼거리자, 어쩌면 내가 무언가 잘못한 게 아닐까 싶어 덜컥 마음이 내려앉았다.

"시연아, 너도 나처럼 외롭다고 생각했어."

윤경이 사라진 봄이 지나고 여름과 가을이 지나고 겨울
이 왔다. 누군가가 갑자기 사라졌다는 게 정말 이상했지
만, 더 믿을 수 없는 일은 우리가 그 사실을 받아들일 수
있다는 거였다. 이제 윤경은 학교에 떠도는 무성한 소문
가운데 하나로 남았고, 윤경을 알던 아이들도 "그 애가 그
때 그랬어." 이렇게 이야기하며 천천히 윤경의 이름을 지
워 나갔다. 아이들 마음속에는 사라진 '그 애'가 특별한
기억으로 남아 있었지만, 한자리에 모여 말을 맞춰 보면
서로의 기억이 너무도 달라서 도무지 그 애가 어떤 애였
는지 짐작할 수 없었다.

나는 지금도 이따금 나를 '셔니'라고 다정하게 부르는
목소리에 놀라곤 한다. 그럴 때면 나를 부른 친구의 얼굴
을 동그란 눈으로, 마치 꿈을 꾸는 기분으로 돌아본다. 그
곳에는 친근하게 팔짱을 끼며 나에게 매달리는 수지가 있
을 때도 있고, 언제나 한결같이 무던한 애정으로 나를 바
라보는 슬기가 있을 때도 있었다. 불같은 성질 때문에 아
이들과 다툼이 잦은 아영이 쪼르르 달려와 투덜댈 때도
있었다. 그러면 나는 그 투정을 가만히 들어 주고, 아영의
마음을 풀어 주고, 되도록이면 문제를 해결하기 위해 함

께 노력했다. 그러면서 이건 친구만이 할 수 있는 일이라고, 이제 우리가 진짜 친구가 되었다고 생각했다.

한편으로는 그 애들과 내가 친구라는 사실이 여전히 낯설고 두려웠다. 교실에서 모두들 내가 보이지 않는 것처럼 내 곁을 스쳐 지나가는 상상을 하기도 했다. 그러다 보면 다시 예전으로 돌아갈까 봐, 친구들을 실망시키거나 아이들에게 미움받을까 봐 겁이 났다.

그런데 예전의 내가 어떤 사람이었는지 떠올려 보려 해도 잘 떠오르지 않았다. 나는 이제 수지의 다정한 친구이고, 아영의 현명한 친구이고, 슬기의 믿음직한 친구다. 다른 무수한 아이들의 친구이기도 하다. 나는 그 애들을 모두 사랑하게 되었다. 내가 누구인지 아는 것보다 내가 누구의 친구인지 아는 게 더 쉬운 일이다. 내가 받는 '좋아요'는 내가 얼마나 많은 사랑을 받고 있는지 증명해 준다.

나를 좋아하는 친구들과 같은 방향으로 가면서 웃을 때, 그 애들이 나를 따라오고 내 이야기를 잘 들으려고 내 곁으로 가까이 다가올 때, 나는 분명한 행복을 느낀다. 다만 불현듯 아무 이유 없이 불안이 찾아들 때마다 아직도 내 방 한쪽에 놓인 작은 상자와 그 안에 든 검은 숄더백, 코럴색 틴트, 동그란 손거울, 베이비파우더 향이 나는 핸드크림, 파스텔 톤 곱창 머리끈, 매끄럽게 잘 써지는 볼

펜, 핏플랍 슬리퍼, 납작한 에스닉 프린트 파우치, 짙은
파란색 티셔츠 그리고 가장 깊숙한 곳에 누워 딱딱하게
굳어 가는 분홍색 매니큐어를 떠올리곤 한다.

그것들이 다 무엇이었는지 도무지 알 수 없을 때까지.

친구들 사이에 한참을 서 있다가 문득 내가 묘하게 겉도는 듯한 기분이 들 때가 있었다. 분명히 모두들 웃으며 흥미진진한 이야기를 하고 있는데 아무도 나와 눈을 마주치지 않을 때, 나에게서 슬쩍 돌아선 등을 바라보아야 할 때, 때로는 내가 모르는 기묘한 침묵이 불현듯 끼어들 때, 나는 내가 무언가 잘못한 것 같아서 주눅이 들었다. 아무도 나를 밀치지 않았지만 이리저리 밀려났다. 그 애들 사이로 들어가기 위해, 그 애들이 단지 말과 표정과 몸짓으로 견고하게 만들어 낸 안전하고 아늑해 보이는 저 안으로 들어가기 위해 애쓰던 아이. 내가 더 노력하면 된다고 스스로를 다그치던 아이. 두려움을 감추고 슬픔을 감추던 아이. 그렇지만 안으로, 더 안으로 들어가도 도무지 내가 도착한 이곳이 정말 안인지 알 수 없어 막막해하던 아이.

어째서 내가 특별한 사람이라는 걸 자꾸 잊었을까? 우리 모두가 놀랍고 신비로운 시간을 통과해 지금 여기에 도착한 하나뿐인 나인데…….

열다섯, 그럴 나이

초판 1쇄 펴낸날   2020년 12월 7일
초판 11쇄 펴낸날   2024년 7월 1일

지은이   나윤아 범유진 우다영 이선주 탁경은
펴낸이   홍지연

편집   홍소연 이태화 김선아 김영은 차소영 서경민
디자인   이정화 박태연 박해연 정든해
마케팅   강점원 최은 신종연 김가영 김동휘
경영지원 정상희 여주현

펴낸곳   (주)우리학교
출판등록 제313-2009-26호(2009년 1월 5일)
제조국   대한민국
주소   04029 서울시 마포구 동교로12안길 8
전화   02-6012-6094
팩스   02-6012-6092
홈페이지 www.woorischool.co.kr
이메일   woorischool@naver.com

ⓒ나윤아·범유진·우다영·이선주·탁경은, 2020
ISBN 979-11-90337-49-6 43810